LE
ROI DES FRÊNELLES

PAR

ANTONY THOURET.

TOME SECOND.

Paris.

LIBRAIRIE DE CHARLES GOSSELIN,

Éditeur de la Bibliothèque d'élite,

9, RUE SAINT-GERMAIN-DES-PRÈS.

M DCCC XLII

LE

ROI DES FRÊNELLES.

PARIS. — IMPRIMERIE DE BOURGOGNE ET MARTINET,
Rue Jacob, 30.

LE
ROI DES FRÊNELLES

PAR

ANTONY THOURET.

—

TOME SECOND.

Paris.

LIBRAIRIE DE CHARLES GOSSELIN,

9, RUE SAINT-GERMAIN-DES-PRÉS.

M DCCC XLI.

XIII

ANNIVERSAIRE

DE LA VENTE

D'UN DOMAINE NATIONAL.

« Nous n'aimons pas les émigrés; à Paris on les honore
» fort. L'empereur les chérit et les révère. C'est sans doute
» qu'il n'en peut faire comme il fait des comtes et des
» princes. »

PAUL-LOUIS COURIER. (*Lettre inédite.*)

Le 15 octobre 1808 , les notabilités du village de Montperdu s'étaient assises dans la grande salle du château , au seizième banquet anniversaire de la vente des domaines de Chapstal.

A ces mémorables festins, chacun contribuait pour sa part : le fermier Aubry pour l'ordonnance , le majordome pour la présidence , et le commun des convives pour la dépense.

Les deux seuls personnages qui auraient eu le droit de s'asseoir à cette table étaient précisément ceux qui ne s'y étaient jamais assis.

L'ancien maître du château avait eu, jusqu'alors, le bon esprit de ne point troubler cette touchante solennité par un retour inattendu; et le nouveau maître, le solitaire André, avait poussé la bonne grâce jusqu'à honorer de son absence annuelle la haute réunion administrative des dignes fonctionnaires de Montperdu et de ses alentours.

Il faut d'ailleurs rendre justice à la pudeur des convives, qui ne parlaient jamais du comte de Chapstal que pour bénir la longue durée de ses voyages, et qui gardaient un silence absolu sur ce mystérieux André, lequel ne sortait jamais de sa pauvre métairie. C'était tout simplement le silence de l'ingratitude.

S'ils le bénissaient quelquefois du fond de l'âme, c'était comme agent responsable de leurs usurpations territoriales et de leurs orgies nocturnes en cas de révolution nouvelle. Ces puissantes considérations avaient pu seules déterminer autrefois le rusé fermier à céder à l'intendance de la métairie sa trop féconde ménagère.

La cloche de la chapelle avait été chargée de sonner l'heure du banquet profane; elle sonna comme si c'eût été pour la cène des douze apôtres!

L'ancien collecteur des gabelles royales, devenu receveur des contributions impériales, avait pris place à côté du garde à pied des forêts seigneuriales, devenu garde à cheval des forêts nationales!

Le haut bout de la table était occupé par l'ancien bailli devenu juge de paix de Mauléon, et l'ex-curé de Montperdu n'eût sans doute pas daigné s'asseoir à côté de lui, s'il eût pressenti que l'année suivante il recevrait sa nomination d'archidiacre à la cathédrale de P***, signée et scellée par notre saint père Pie VII, à Grenoble, le 10 juillet 1809, et apportée au presbytère par un hussard de la garde impériale!

A côté de lui, le simple et naïf fermier, qui n'avait pas encore reçu d'avancement par la raison qu'il ne pouvait devenir archi-fermier, avait reçu de la nature et de la fortune un plus confortable aménagement: il était devenu méconnaissable par le développement monstrueux de son coffre-fort et de sa personne. Il était donc en possession de faire gémir sous le poids de son individualité le grand fauteuil des anciennes douairières du château, condamné comme son noble maître à supporter tout le fardeau de la révolution de 89 !

Le majordome, que le goût des aventures avait fait pirate, que l'empereur de Maroc avait fait chimiste, que les domaines de Chapstal avaient fait intendant et ivrogne, et que la solitude avait fait paresseux et philosophe, ne pouvait en conscience cumuler d'autres fonctions ; aussi était-il toujours le même ; et pendant l'assoupissement provisoire de sa méchanceté naturelle, il partageait son temps et ses affections entre la cave et la basse-cour, dormant le jour, et faisant la nuit de fréquentes visites aux tonneaux de Malvoisie et à la gracieuse descendance de Malvina et de Sultan.

Aussi, en considération de ces nobles services et de ces antiques vertus, la place d'honneur lui était-elle réservée, et était-il assis directement sous la lourde couronne de comte, artistement sculptée dans la clef de voûte, et menaçant de le coiffer au dessert, de telle manière qu'il n'aurait pu saluer la mort au moment de la terrible visite où celle-ci prend toutes les têtes avec ou sans couronne.

Les hurlements des chiens répandus dans les cours et contenus dans l'enceinte du château par les ordres sévères du père André, faisaient assez connaître que la fête devait durer jusqu'au jour ; car en admettant que l'un des convives eût senti assez de force d'âme et de jambes pour quitter cette table chargée des vins d'Espagne échappés à la consommation de la cour de Joseph, encore était-il douteux que ledit convive eût osé confier à Malvina ou à Sultan son vif désir d'aller rejoindre sa légitime compagne dans le lit conjugal, et ceci avec l'espoir d'obtenir de ces dociles animaux la permission de traverser sans hurlements, morsure ni déchirure, les cinq cours du château. Toutefois, ce qui est bien certain, c'est que le curé Aubry auquel un reste de pudeur avait inspiré, vers minuit, le désir de quitter cette société un peu mondaine, ne jugea pas à propos de confier à l'un des hôtes de la basse-cour le motif de sa retraite clandestine ; car Malvina ayant tout-à-coup passé un museau inoffensif par la porte entr'ouverte, le digne curé la referma brusquement, au risque d'enfermer ledit museau, et revint s'asseoir à côté de son respectable père, auquel il aurait fallu un motif d'une force prodigieuse pour le faire quitter son fauteuil!

Si pourtant quelque lecteur, de ceux qui
veulent tout savoir, désire connaître le motif
véritable qui avait porté le curé Aubry à quitter l'assemblée à une heure si peu avancée, eu
égard aux mœurs de la Vallée aux Chiens, il
est du devoir de l'auteur de déclarer que ce
ne pouvait être pour aller rejoindre dans son
presbytère une épouse légitime, attendu que
l'empereur ne s'était pas avisé d'exiger de
Pie VII la liberté du mariage des prêtres,
sage mesure à laquelle l'auteur n'en préfère
qu'une autre, celle d'en supprimer les trois
quarts: c'est-à-dire tous ceux qui n'ont ni l'a-
mour ni la tolérance évangéliques du père André. L'auteur pourrait ajouter en passant que
le mariage des prêtres avait d'abord paru nécessaire aux grands esprits politiques, qui crai-
gnaient de voir le clergé, dont les destinées
étaient si étroitement liées à celles de l'ancienne
monarchie, manquer tout-à-coup à l'empire.
Le sénat lui-même, dans la crainte de voir les-
dits prêtres tarir, avait dû songer à octroyer, à
ceux qui restaient, la liberté d'en faire d'autres; mais le personnel sacerdotal rallié à l'empire sur les ruines de la royauté, était devenu

tout-à-coup si nombreux, qu'au lieu de décréter l'accroissement du clergé on avait dû, au
contraire, décréter l'accroissement des cha-
pelles, églises, cathédrales, couvents, séminai-
res, cures, évêchés, cardinalats, pour essayer
de faire tête à tous les nouveau-venus!

D'où l'auteur ne veut faire ressortir qu'une
preuve : celle que le curé Aubry n'avait d'autre
motif pour abandonner à minuit la grande
salle des chevaliers, que celui de quitter, avant
le lever du soleil, le champ-clos d'une conversation qui ne pouvait à la longue que devenir
plus que profane!

Ceci prouvé, écoutons encore quelques minutes la voix de ces vénérables fonctionnaires
que nous avons laissés à table sous la royauté,
sous la république, et que nous retrouvons
à table sous l'empire ; vases administratifs toujours pleins d'une liqueur généreuse, qui sous
aucun régime ne deviendront à sec, et auxquels il ne sera jamais besoin, à tout avénement
nouveau, que de changer l'étiquette.

La nuit était belle ; la lune, regardant avec
sa face impassible à travers les vitraux des ogi-
ves, faisait pâlir les flambeaux qu'elle inondait
de sa blanche lumière. On avait beaucoup bu ;

on buvait beaucoup ; on se proposait de boire
beaucoup plus encore !

Les cris et les éclats de rire étaient devenus
si bruyants dans cette salle ordinairement silencieuse, que les chiens du majordome, ces-
sant tout-à-coup leurs hurlements plaintifs,
s'ameutaient sous les fenêtres, derrière lesquelles ils regardaient, la gueule béante, avec
un air d'étonnement naïf.

— ....Ainsi donc l'article vii les chasse et
l'article viii les condamne ! disait en finissant une
longue argumentation l'imperturbable juge.

— Eh bien ! si la loi les condamne, moi je
les aime, les émigrés ! — ripostait le fermier
Aubry, — mais seulement depuis le jour où ils
ont quitté la France ! Il est vrai que je ne
pouvais guère les aimer auparavant, attendu
qu'auparavant il n'y en avait pas ! Mais c'est
égal, quelque chose me dit que s'il y en avait
eu, je ne les aurais pas aimés davantage !

— ....Ce qui fait, monsieur Aubry, reprit
le vieux juge, que vous êtes contrevenant à la
lettre de l'article vii et à l'esprit de l'article viii,
attendu que.....

— En fait d'esprit, interrompit le maire de
Montperdu, monsieur le juge devrait bien avoir

celui de laisser dormir les lois, qui montrent les griffes quand on les réveille!

— Et moi, dit le garde à cheval devenu maigre politique, mais resté profond buveur, je soutiens que la chute de l'empereur devient imminente, s'il imite notre exemple. Remarquez en effet, nobles convives, que chaque année nous buvons un baril de plus en même temps que l'empereur absorbe une nouvelle capitale. Si tout cela continue, il est certain que le premier finira par tomber sous son trône, et nous sous la table!

— Ce sera un jour de bonheur pour le receveur ici présent, dit le maire, car si l'empire reste debout, les poches des contribuables et les barils du château se videront de plus belle, et ledit receveur, qui ne connaît d'autre théorie financière et gastronomique que celle des coffres pleins, finira par éclater, lui et sa caisse!

— Vous vous trompez, dit assez froidement le curé Aubry, qui jouissait de l'heureux privilége de rester maigre et pâle sous un énorme nez rouge, lequel assumait toutes les conséquences des excès de son maître reconnus dans le quatrième péché capital; monsieur le receveur et sa caisse ne courent aucun danger; les volcans seuls éclatent; quant aux vessies: elles crèvent!

— Et qu'en sort-il souvent? demanda le maire, qui se piquait de posséder ses poètes.

— Si toutefois il en sort quelque chose!..... ajouta le fermier : car depuis seize ans il est à ma connaissance que les rares écus sortis de sa caisse y sont bientôt rentrés en nombreuse compagnie!

— Sans oublier, reprit tranquillement le receveur, que le préopinant doit y faire entrer avant l'expiration du courant, suivant sommation en date d'hier, pour fin d'exercice 1807, 1,453 livres 3 sous 6 deniers, autrement dits 1,453 francs 17 centimes 1/2, autrement dits 20 centimes..... car la caisse générale n'ayant pas de monnaie fractionnaire, cela fait juste 2 centimes 50 centièmes pour la caisse particulière : Et vive le calcul décimal!

—Lesquels 1,453 francs 17 centimes 50 centièmes, dit encore plus tranquillement l'imperturbable Aubry, je paierai à la résurrection de l'ancien régime, qui, disait-on, devait ressusciter le troisième jour!

— Pas de mauvaises plaisanteries! s'écria le receveur en se levant à demi. — Il ne faut ja-

mais rire avec les impôts publics! Nul ne peut
vous exempter de payer à la caisse de l'État les
deniers que tout bon citoyen...

— Garderait volontiers dans sa poche, s'il
pouvait, comme moi, montrer ce chiffon de
papier signé de la main de l'empereur, et m'ac-
cordant une indemnité de quinze cents livres,
relative aux pertes que j'ai supportées en 93.

— Les pertes du fermier Aubry!! cria une
voix caverneuse qui parlait dans un verre à
moitié vide. Nous verrons un jour l'infortuné
Samson (1) réclamer indemnité pour les
pertes que lui a fait supporter l'exécution de
Louis XVI!

— Je dirai demain un *Requiem* pour le repos de la fortune de mon infortuné père, laquelle est trépassée le 10 août 1793, et enterrée
le jour même de la vente de ce domaine dont
il est propriétaire sans l'avoir acheté, et dont
il absorbe à lui seul tous les produits, tandis
que son fils ici présent jeûne plus souvent que
ne le veut la sainte Église !

— Mille carabines! pour entendre ce fameux

(1) Enfin il est mort ce patriarche de la guillotine! que
son âme repose en paix dans les limbes sanguinaires qu'il a
peuplées de sa propre main!

Requiem, je jure d'aller à l'église pour la première fois depuis 93 !... dit le garde-chasse dans
un rire mal digéré qui faillit le faire mourir
sans confession.

Ici il y eut interruption :

— Je bois à la sainte pauvreté du vénérable
Job-Aubry !

— Et moi à l'enregistrement d'une bonne loi
rétroactive sur les nationaux !

— Je bois à la santé des dix Aubry fils, dont
aucun n'a servi sous l'empire !

— En voilà un de miracle plus fort que la
multiplication des cinq pains ! La soustraction
de dix grenadiers à la garde impériale !

— Il n'y a pas le plus petit miracle dans tout
ceci, reprit le fermier en regardant le fond de
son verre, — mes dix enfants ont bravement
servi sous la république et l'empire : un curé,
un receveur, un tabellion, trois lits militaires,
et quatre fournisseurs aux vivres.

— Ces derniers ont fait plus d'une fois le
miracle de la multiplication des pains !

— Voisin, n'oubliez pas la soustraction de
la viande !

— Silence, monsieur ! s'écria le maire en se
levant comme pour commencer un grand dis-

cours. Je réclame une trève pour le malheureux
Aubry et ses dix garçons. Dans ces temps critiques tous les Français se sont montrés d'ex-
cellents mathématiciens, et ont contribué, chacun à sa manière, à la prospérité de l'empire :
les uns par la multiplication, les autres par la
soustraction, et beaucoup plus qu'on n'en a
vu au soleil, par la division! Faisons donc des
vœux pour que le peuple se contente de toutes
ces opérations, et ne s'avise pas de faire à son
tour une addition à la révolution!

— Voilà ce qui s'appelle faire de l'histoire
en règles! dit le receveur d'un ton plus grave
que ne le comportait sa réponse.—Ne riez pas,
messieurs; l'histoire écrite en chiffres serait ir-
réfutable. En effet, la grosseur de l'impôt con-
state la prospérité d'un empire, en vertu de ce
principe qu'on ne peut donner que ce que l'on a :
d'où il résulte : que plus on a plus on donne, et
plus on donne plus l'impôt gonfle, et que plus
l'impôt gonfle plus l'empire est prospère... Ce
qui revient à l'appui de ma thèse. Les chiffres,
messieurs! les mathématiques financières! Voilà
la science qui domine et absorbe toutes les
autres! Voilà la seule institution qui affronte impunément les secousses révolutionnaires! Hélas!

dans un moment où toutes les consciences s'éva-
nouissent, où tous les courages chancellent,
où toutes les grandes vérités passent au crible
de la discussion : dans un siècle, où l'on voit
Robespierre discuter la Divinité , les princes du
sang renier le monarque, les évêques contester
le pape, et que dis-je , messieurs? une chose
mille fois plus monstrueuse encore! les assignats lutter avec l'or en lingots et en numé-
raire!! dans ce siècle, dis-je, on éprouve le besoin de se rattacher à une grande institution,
par exemple : celle de l'impôt foncier, et à un
grand principe, tel que: deux et deux font
quatre! Deux et deux font quatre? Je ne connais sur cette terre rien d'aussi inattaquable et
d'aussi absolu; si ce n'est le calcul décimal et
la mort!

— Je bois à la tienne !

— A ma mort, forestier? Prends garde que
ta carabine qui se dirige si volontiers sur le gibier impérial, n'éclate auparavant dans tes
mains!..... et après tout, que la mort vienne!
Car je vous le dis en vérité : les receveurs passeront; mais les contributions ne passeront point!

— A propos de mort, messieurs, dit le curé
Aubry en se levant à son tour, je demande à

faire une remarque importante, car la mort est, je crois, de mon domaine : or, depuis le commencement de cette séance qui, je me plais à le reconnaître, est restée dans les bornes de la décence, du moins quant aux paroles, j'ai observé que M. le majordome ne disait mot, et déjà dix fois, le croyant prêt à rendre l'âme, j'aurais levé le bras pour lui donner le secours de mon ministère, si chaque fois il n'avait levé le sien pour boire : ce qui m'a porté à croire qu'il était encore de ce monde !

Je requiers donc une enquête à ce sujet.

— Et la nomination de trois experts-jurés, conformément à la loi du....

— L'ancien vice-amiral du bey de Tunis est-il pris par un calme ?

— Si le vice-amiral boit sans parler, c'est qu'il fait eau de toutes parts, et que le vin n'est plus que de l'eau rougie !

— A l'abordage !

— A l'abordage !! — répétait l'inspecteur à cheval d'une voix de tonnerre, en menaçant de renverser une cruche énorme sur la tête de l'impassible William. — Camarades, je vais héler le corsaire, et, s'il ne répond pas, je le coule !

— Silence, ivrognes! dit enfin William. — Silence! si toutefois c'est possible; quand les outres sont pleines, il faut qu'elles roulent!....

— Chut! fit le garde-chasse avec mystère.... écoutez le majordome. Vous voyez bien qu'il a quelque chose, car plus il boit, plus il pâlit!

—Oui, un orage gronde sur nos têtes depuis le commencement de cette nuit! Je voulais être en compagnie et boire pour me ravitailler contre la crise; voilà pourquoi je vous ai laissés tous venir au banquet.

— Parlez vite!

—Eh quoi! reprit William en regardant fixement l'ombre du pont-levis, dans la grande cour: personne ne remarque donc que depuis quelques instants Sultan et Malvina se taisent?

— Quel mal y a-t-il à cela? — dit le téméraire forestier; — quand Malvina et Sultan se tairaient? pouvons-nous parler tous à la fois?

— Qu'est-ce que cela prouve?— fit le receveur en faisant mine de compter sur ses doigts.

— Ce que cela prouve? vous ne le saurez que trop vite!... — répondit le majordome d'une voix lugubre.

—Au nom du ciel! ne tentez pas notre courage, — dit une bouche qui pâlissait sous un nez rouge.

— Eh bien! cela prouve que quelqu'un rôde à cette heure sous les murs du château, et que les plus anciens de la meute gardent le silence, tandis que les plus jeunes aboient avec fureur. Comprenez-vous, maintenant?

— Je voudrais connaître, — dit gravement le maire, — celui qui se permet de rôder ainsi pendant la nuit pour espionner un banquet administratif, et troubler la paix de ce château national.

— Et qui serait-ce donc, sinon son ancien maître?...

— Le comte de Chapstal!!..... — dit le curé plein de terreur; — si j'avais de l'eau bénite!

— Nous sommes perdus!.... — s'écrièrent presque tous les convives.

— Si ce n'est que son esprit, — dit le forestier, — mon sabre est affilé d'hier!

— Si c'était un esprit, — répondit William avec un sourire satanique, — déjà je l'aurais fait mettre à table avec nous! Mais c'est son corps en personne, quoiqu'il ne pèse pas cinquante livres!... Compagnons, la crise approche!

On rappelle les émigrés; s'ils rentrent, l'an-

cien régime les suit, et nous n'avons plus qu'à
mettre à la voile!....

— La mer est-elle libre?

— Signez-moi ce passeport, monsieur le
maire, voici un crayon!

— Où est mon cheval?

— Faites rentrer les chiens, et qu'on passe
par les fenêtres!

— Le rempart est-il élevé?

— Si nous mettions le feu au château, hein?

— Donnez la clef des caves!

Mais le maire resta sourd à tous ces cris, et
se levant tout-à-coup avec un maintien plein
de courage et de majesté, il dit :

— Majordome! nous vous sommons au nom
des lois municipales....

— Et de l'article VIII... — ajouta le vieux
juge.....

— Au nom des lois municipales et des constitutions de l'empire! — continua le maire, —
de nous dire le nom du téméraire qui a osé in-
troduire en France l'émigré Chapstal!

— Il y a deux téméraires.

— Lesquels?

— L'Océan et l'empereur Napoléon!

— Que voulez-vous dire?

— Que l'empereur s'est avisé de retirer aux
émigrés la seule qualité que le fermier Aubry
aimât en eux : leur absence. Il leur a donc expé-
dié l'invitation de revenir ; et comme Chapstal,
qui n'en savait rien sans doute, s'était embar-
qué pour de lointains rivages, l'Océan, pour
se conformer aux ordres de l'empereur, a
vomi l'émigré sur les côtes, où je l'ai vu pêcher
par ce damné André. Ne le sentant pas arriver
depuis plusieurs heures, je l'espérais mort;
mais j'ai vu tout-à-coup Malvina rôder derrière
la herse et Sultan gémir pour la première fois
depuis seize ans, et je me suis dit : Voilà les
chiens qui reconnaissent leur ancien maître!

— Que faut-il faire? — s'écrièrent presque
tous les assistants.

— Protester! — répondit le juge.

— Camarades, — reprit William, — j'estime qu'il faut faire comme les chiens!

— Le majordome a raison, — dit le maire
avec solennité : — puisque Louis XVI et
Louis XVII sont morts...

— Crions vive l'empereur et l'émigré Chapstal!....

Et en disant ces dernières paroles le majordome s'élança pour baisser le pont-levis. En

même temps les plus téméraires, bravement conduits par le forestier, firent disparaître la table du banquet sous laquelle on trouva l'énorme Aubry qui s'était glissé parmi les morts, et lorsqu'on eut remis ceux-ci sur pied, l'assistance se rangea sur deux files.

Bientôt le comte de Chapstal fit son entrée solennelle précédé de son majordome et suivi de tous ses chiens. A l'apparition de ce spectre animé et de son terrible cortége tous les convives furent soudainement frappés de terreur, excepté pourtant le juge et le forestier.

En effet, celui-ci mit son sabre au clair, et osa crier : Vive monsieur le comte!

— Et sa suite! — murmura le vieux juge. Puis l'impassible magistrat, franchissant le seuil de la grande salle, se retourna et dit à demi-voix : —Je proteste au nom de l'article viii!.....

XIV

COMPTES RENDUS AU SEIGNEUR.

Il ne connaît que deux éléments : Le vin et le sang !

WALTER SCOTT.

D'un signe plein d'une majestueuse colère
le comte de Chapstal avait congédié ses hôtes
imprévus, et d'un geste plus significatif encore il avait fait marcher devant lui le majordome et le fermier jusque dans une chambre
écartée dont les volets n'avaient pas été ouverts
depuis 1789. Chapstal, conduit par une ancienne habitude, s'était dirigé vers cette mystérieuse chambre matelassée sous une triple

étoffe de soie destinée à étouffer les gémissements et à boire les larmes, et où la pauvre
Marguerite enlevée à sa fille au berceau et à
son bien-aimé dans les fers, avait jadis été enfermée par le majordome. Celui-ci, durant ses
longues années de solitude, non seulement n'a-
vait osé y entrer pour ouvrir les fenêtres, mais
encore avait évité de passer devant le petit escalier qui y conduit.

La conscience peut sommeiller quelquefois,
mais elle ne meurt qu'avec celui qui la porte,
et l'homme est toujours l'homme!

Cette nuit surtout, le majordome ne put se
défendre d'un mouvement de terreur; il obéit
cependant à ce maître qui n'avait pas encore
fait entendre le son de sa voix, mais dont le
bras amaigri levé dans l'ombre exerçait sur lui
une influence surnaturelle. Deux fois William
se retourna pour voir s'il n'était pas seul, et
s'il était réellement suivi par Aubry. Ce fut
donc avec une secrète joie qu'il vit les yeux du
fermier briller dans les ténèbres, comme ceux
du renard et de l'orfraie.

Le comte de Chapstal, que le père André,
stupéfait de retrouver le jeune ambitieux dans
le vieux proscrit, avait brusquement quitté,

s'était tenu plusieurs heures devant la chẻmi-
née, en proie aux plus délirantes méditations.
Puis il avait essayé de retrouver son mystérieux
hôte dont il ne comprenait pas plus la subite
colère, qu'il ne pouvait deviner le désintéresse-
ment et la grandeur d'âme qui se cachent dans
une conscience. Il avait vainement heurté à
toutes les portes de la métairie ; elles étaient
fermées en dedans, et un sinistre silence répondit à ses prières, à ses cris, à ses menaces.
Il ne put s'expliquer comment il trouva, à son
retour dans la grande salle. une table chargée
de provisions, qui semblait lui indiquer le re-
pas de congé en même temps que les dernières
prévoyances de l'hospitalité : mais le fier Chapstal dédaigna de s'y asseoir, et ne voulut pas
rester une minute de plus dans cette simple
maison, dont le vénérable gardien n'avait lui-
même pour toute garde que deux enfants et une
femme. Il ne se sentit ni le cœur ni la patience d'approfondir davantage cette téné-
breuse aventure, et saisissant à la hâte les titres
de propriété qu'on avait généreusement placés
sur la table de service, et dont il ne fût pas
aussi dédaigneux que des mets qu'elle suppor-
tait, il sortit de la métairie et se dirigea d'un

pas rapide vers le château, dont les fenêtres resplendissaient de lumières : c'était la salle des chevaliers transformée en salle de banquet.

A son approche, Sultan et Malvina bondirent sur les remparts, poussèrent de tendres gémissements derrière les poternes qu'ils frappaient de leur queue, et le proscrit put comprendre que si l'infortune et surtout l'absence produisent presque toujours l'oubli, ce n'est jamais que dans le cœur de l'homme!

Bientôt la herse descendit, et le pont-levis se baissa, comme si le château lui-même reconnaissant son maître dans les ténèbres se fût prosterné devant lui, et le majordome concentrant une sourde fureur, se présenta le chapeau à la main, se préparant à réciter une longue harangue composée pour un retour si fantastique, et expliquant bien ou mal la présence, dans le château, d'une foule stupéfaite et tremblant de peur autant que d'ivresse.

Mais le seigneur, d'un seul mouvement de la main, lui avait imposé silence, et la harangue resta dans le cœur du majordome où elle ne fit que comprimer sa rage pour la rendre plus terrible à la première explosion.

Arrivé dans la chambre de Marguerite, le

comte épuisé par tant d'efforts tomba dans un fauteuil, tandis que les deux vassaux restaient debout et silencieux, tant ils redoutaient la colère implacable de l'ancien maître de la Vallée aux Chiens.

Cependant le fermier, après une courte prière mentale adressée à la Vierge de Montperdu, laquelle se trouvait en relation avec lui plus souvent sans doute qu'elle ne le désirait, avait réussi à reprendre cette figure béate et ce regard inoffensif, qu'on appelait dans les cantons voisins *la figure-Aubry*. Il semblait goûter un naïf plaisir à considérer sur le tapis un rayon du soleil levant qui se jouait à travers les fentes des volets.

Le vieux pirate, quoique plus téméraire, s'habitua moins vite à sa position qu'il ne s'était habitué jadis à l'abordage. Cependant il fit un effort, et osa lever les yeux pour considérer la pâle figure de l'émigré qu'il avait peine à reconnaître. Ce fut un de ces courts instants de muette terreur qui paient chèrement bien des années de débauche et bien des pensées criminelles.

Enfin l'émigré parla.

— Aubry! que faisais-tu dans mon château,

dans mon château, entends-tu bien ? à pareille
heure et en si nombreuse compagnie ? Étais-tu
venu payer à mon ancien majordome les seize
années de redevance pour les domaines qui
sont en ton pouvoir, depuis la première nuit de
mon exil jusqu'à celle-ci ?

— Certainement, monsieur le comte... que
j'en aurais bien eu l'intention, si les événements
sociaux..... les circonstances politiques..... et
beaucoup d'autres considérations qu'il serait
trop long d'énumérer, ne m'en eussent ôté le
pouvoir.

Car il s'est passé bien des choses, monseigneur, depuis votre trop longue absence..... Il
n'y a pas de bon sens de rester si long-temps
hors de chez soi !... ce qui fait que la Conven-
tion nationale, sauf le respect qu'elle vous
doit, a décidé qu'il fallait protéger la propriété... des nouveaux propriétaires..... et ceci
par la raison que sans propriétaires il n'y aurait pas de propriété, ce qui serait extrêmement
fâcheux pour les impôts publics..... Du reste,
madame Aubry, qui est mon épouse, se char-
gera volontiers de vous raconter en détail notre
constante affection pour votre auguste personne, laquelle affection s'est malheureuse-

ment trouvée en opposition non moins constante avec la force des choses... Laquelle force
des choses a eu toute la puissance d'un torrent
qui emmène avec lui les ruisseaux les plus tran-
quilles, de façon qu'un profond politique
comme monsieur le comte, ne s'étonnera point
qu'elle ait entraîné un pauvre homme et son
épouse, après avoir entraîné le roi, le pape et
l'Église catholique elle-même, sans compter
qu'elle menace en ce moment même d'entraîner
encore les réprimandes de notre gracieux seigneur contre le plus loyal, le plus humble et
le plus pauvre de ses fermiers!

— Qu'on fasse taire ce vieux fou! Et vous,
majordome, racontez-nous avec simplicité ce
ce qui s'est passé depuis notre émigration.
Rendez-nous compte de votre gestion : si elle
n'a pas été fidèle, malheur à vous et aux vassaux rebelles! J'arrive en France, armé des
droits du malheur, des priviléges que me con-
fère le chef actuel de l'empire, et que l'épée
des Chapstal saura défendre!!!

En disant ces paroles, le vieux comte détachait de la muraille une épée d'une longueur
démesurée, qui avait tremblé plus d'une fois
dans les mains de ses aïeux, et qu'il prenait un

plaisir singulier à brandir dans les airs. Ces
derniers mouvements, si peu dangereux qu'ils
fussent, parurent néanmoins exercer une singulière puissance de répulsion sur l'infortuné
fermier, qui, reculant d'un pas, et passant une
main en arrière, commençait à tourner doucement la clef dans la serrure, lorsque Malvina,
fidèle à son habitude d'écouter aux portes, se
mit à gratter à celle-ci. Cette circonstance, quelque insignifiante qu'elle paraisse au premier
coup d'œil, fut cependant décisive pour engager Aubry à rester immobile, du moins autant
que le vin d'Espagne et la terreur pouvaient
le permettre à des jambes trop grèles pour
soutenir un si énorme édifice!

Le majordome, en montant l'escalier, avait
pressenti la naissance des explications, et semblable à un vieux brick désemparé qui fait eau
de toutes parts, prêt à couler aux premiers
coups de la tempête, il avait bu outre mesure à
la gourde de cuir qu'il portait constamment
en bandoulière, comme un cor de chasse. Peut-
être, quelques années auparavant, un cas semblable échéant, eût-il tenté de résister de vive
force au dieu fatal qui voulait lui faire franchir
les sombres rives du passé; mais les délices

d'un long séjour dans les caves souterraines avaient usé quelque peu de son énergie, et la figure cadavérique de ce maître redouté, arrivant pendant la nuit au château de ses ancêtres dont les ombres vengeresses se dressaient sur toutes les murailles, avaient vaincu ces premières impulsions. A la première question de l'émigré, il se retourna, et saisissant de nouveau sa gourde, il la vida d'un seul trait. Ce mouvement trompa le maître, qui, craignant pour ses jours, agita de nouveau son épée en s'écriant : — Misérable! oserais-tu toucher à ton seigneur armé du glaive de Dieu?

— Pardon, Votre Éminence! dit le majordome cette fois tout-à-fait ivre et essuyant tranquillement sa bouche avec la manche de son vieux paletot; il ne s'agit pas plus de vengeance ici, que de n'importe quoi! Pensez-vous qu'un loyal intendant qui a des comptes si difficiles à rendre; qu'un marin expérimenté qui doit s'embarquer sur un navire démâté pour faire à contre-vent un voyage de 93 à 1808, une toute petite navigation de seize ans, sans poudre à canon ni biscuit, ne puisse décemment boire un coup de prévoyance à même de sa fidèle et inséparable gourde?

— Je te prenais pour un traître, tu n'es qu'un ivrogne, à la bonne heure! mais rends tes comptes bien vite! Proscrit, sans amis, sans habits, sans argent, sans valets ni livrée, j'apprends que l'empereur m'appelle et que mon enfant existe! *Tu vois, malheureux, que je n'ai pas une minute à perdre, et que d'ici au coucher du soleil il y a bien des choses à faire!

— Certainement, Éminence, que nous avons bien des choses à faire! Le castel croule de toutes parts et exige de nombreuses réparations. Le plancher de la grande salle est tellement miné par les rats, que j'ai manqué, cette nuit même, d'accompagner le plus respectable de vos ancêtres dans sa chute au milieu de la cave...! Et, à propos de cave, il est de mon devoir de vous avertir qu'elle a reçu un furieux échec! Les futailles d'en bas sonnent le creux; en haut tous mes chiens sont logés à neuf! Vous comprendrez, sérénissime maître, que j'avais l'honneur d'être, dans ces contrées, le double représentant de votre personne et de la cause que vous êtes allé défendre en Angleterre ou autres lieux, et qu'en cette qualité je devais accueillir vos amis secrets, vos partisans

cachés, vos agents mystérieux; tenir des con-
ciliabules, créer des ressources, entretenir les
correspondances et les chemins vicinaux, orga-
niser les insurrections, provoquer les révoltes,
encourager les émeutes, susciter les accapa-
rements, établir les fabriques de faux assignats,
en un mot donner le branle à toutes les secousses qui ont amené votre bienheureux retour. Foi d'honnête corsaire! voilà l'histoire
de mes travaux et de mes veilles, et il vous sera
maintenant facile de comprendre qu'il m'a été
impossible, au milieu de tout cet attirail politique, de découvrir le lieu positif de votre retraite pour vous envoyer quelque argent et le
linge dont vous paraissez avoir un pressant besoin..... Juste ciel! comme votre barbe est longue! comme votre culotte est béante! comme
vos bottes sont épanouies! Mille frégates! où
vous êtes-vous donc frotté? vous êtes noir et
vous sentez le goudron comme si vous remon-
tiez de fond de cale!..... Hélas! vous paraissez
manquer des objets les plus indispensables à
une toilette décente....! Je vous le disais tout-
à-l'heure, qu'il y a bien des réparations à faire
dans ce château! Mais avant tout, vous devez
avoir besoin de prendre des rafraîchissements?

il nous reste du sucre et quelques limons.....
Allons, ébranle-toi, Aubry, si c'est possible!
apporte un verre de grog au noble voyageur...
Quant à moi, foi de William! je n'accepterai
rien pour le moment, car en vérité j'ai pris
toutes mes petites nécessités, et j'avouerai même
que je suis un peu..... Mais Votre Grâce m'ex-
cusera..... dans un jour comme celui-ci, tout
est excusable..... Mille sultans! retrouver son
ancien maître après seize mortelles années d'absence! Mais, tenez, voilà Aubry qui pleure à
présent..... c'est si naturel! Pleure en paix, sensible Aubry, car ton bon maître est revenu, et
Dieu nous l'a rendu avec le consentement de
Sa Majesté l'empereur!..... Stupide fermier,
pourquoi te cacher pour pleurer? Dans une
heure, tous les habitants de Montperdu, hommes, femmes, vieillards et enfants, n'en feront-
ils pas autant que toi? Allons, que Dieu soit
loué, puisqu'il y a encore de la sensibilité sur
la terre!

    — Misérable! — s'écria le comte qui avait
pu écouter jusqu'au bout; épargne-moi tes dé-
clamations, ou crains ma colère!.... Je veux la
vérité.... la seule vérité, entends-tu?

    — La vérité, monsieur le comte?.... — reprit William, en faisant un grand effort pour rassembler quelques idées raisonnables..... — Eh bien ! la voici :

Quelque temps après votre départ, mon noble maître, la République, cette ouvrière infatigable et industrieuse, s'est avisée de faire argent de tout ; en conséquence, elle a mis en vente le castel et tous les petits accessoires....... Ah diable ! il n'y a plus rien dans ma gourde... nous sommes à sec !..... Et j'entends par accessoires le vieux mobilier, la meute et les autres domaines.... Le vénérable Aubry et moi, nous avions formé le généreux complot d'acheter tout ça pour...... N'est-ce pas, Aubry, que tu étais du complot ?

— Puisque le majordome l'avoue..... Eh bien ! oui, nous avons eu une idée de ce genre-là ; car lorsqu'on a une nombreuse famille, et que tout-à-coup se présente un coup de fortune qui.......

— Oui, votre grâce, — interrompit le majordome, — le loyal Aubry et moi considérions comme un coup de fortune de racheter les domaines, afin de les rendre au descendant d'une si antique race ! La France étant partie en Angleterre avec les émigrés, Aubry et moi nous

nous étions mis dans la tête de représenter la France à la vente, car si elle avait été là il n'y a pas de doute qu'elle n'aurait pas pu s'empêcher de mettre quelque chose de plus..... Nous avons donc voulu surenchérir au nom de la France; mais nous n'avions pas assez de monnaie!... Un étranger, un ange, un Dieu, un diable, un André ayant mis tout-à-coup la chose à 600,000 livres, nous avons dû renoncer à notre petite acquisition. Dans cette fâcheuse extrémité, je crus n'avoir rien de mieux à faire que d'accepter la garde du château et la surintendance des chiens, sur lesquels, par exemple, je suis en mesure de vous donner les détails les plus circonstanciés :

D'abord, les enfants de Malvina ont croisé avec ceux de Sultan. . . . . . . quels singuliers petits monstres ils ont faits ensemble! aussi cette pauvre Malvina dépérit de nuit en nuit.... Elle aura vingt-deux ans à la Noël prochaine, si toutefois elle va jusque là..... Je parierais ma place dans le paradis contre celle du vertueux Aubry ici présent, que cette bête fidèle n'attendait que votre retour pour mourir!... Ce sera un bien douloureux coup pour moi, monsieur le comte, et une épreuve de plus sur cette terre

d'exil ! Malvina aura rendu de grands services,
mon pauvre maître ; pendant votre absence,
elle a dévoré sept maraudeurs et fait cinquante-
deux petits ! !

Le comte de Chapstal était depuis quelques
minutes absorbé dans une profonde rêverie qui
sauva l'intarissable majordome !.....

— Et vous dites que cet André, qui ne peut
être que l'agent secret de la nouvelle dynastie,
a mis d'un seul coup les domaines à 600,000 livres ? Un gouvernement seul peut acheter des
biens d'émigrés à leur véritable valeur.....

— C'est juste ; puisqu'il n'est pas obligé de
les payer, ou qu'il se les paie à lui-même !

— Plus de doute ; André est un espion !

— Pourtant l'espion a tout acquis en son
propre et privé nom.

— Erreur ; voici les titres qui constatent
eux-mêmes que les domaines ont été achetés au
compte d'un commettant dont le nom est resté
en blanc, et que l'agent secret a rempli hier
même de mes titres et qualités qu'il connaissait, je crois, mieux que moi, car j'en avais oublié la moitié en Angleterre. . . . . Et cependant qui les lui a dits ?.... et comment aurait-il
pu me reconnaître, moi qui ai quitté la France

depuis si long-temps..... et qu'on dit un peu
changé.

— Horriblement changé !.... en apparence,
monseigneur, seulement en apparence !

— André ! André !.... Si tu retiens mon enfant, malheur à toi !

— Je l'ai toujours pensé, que cet André était
l'envoyé du diable, de l'empereur ou de la police. Il faut que votre grâce apprenne que ce
damné solitaire m'a donné le singulier ordre de
renfermer mes malheureux chiens dans les
cours intérieures ; ce qui a produit des dissen-
sions et même des batailles de tous les diables !
une véritable guerre civile ; comme si la France
était entrée dans la basse-cour ! ils se sont divi-
sés par bandes : il y avait les Malvinistes et les
Turcs, et le jour d'une bataille décisive ils ont
poussé l'insubordination jusqu'à méconnaître
la voix de leur propre majordome, et à dévorer
une jambe à ce pauvre Aubry, encore ne vou-
laient-ils pas lâcher l'os !

— Oui, monsieur le comte ; six mois au lit !
— dit le fermier d'une voix lamentable. —
Ajoutez à cela que sous prétexte que le père
André avait diminué la redevance de quelques écus, j'étais obligé de nourrir mes meurtriers !

— Si tu les avais mieux nourris, fermier imprudent, peut-être n'auraient-ils pas attenté à ta jambe!

— Je ne les ai que trop bien nourris, monsieur William, et s'il fallait jamais rendre mes comptes, je prouverais que ces insatiables monstres et leur inépuisable progéniture, m'ont dévoré plus de pains de six livres que je n'ai compté, au père André, d'écus du même poids; que dis-je? que je n'ai récolté de grains de blé dans les dernières années de mon bail à ferme! Aussi madame Aubry répétait souvent que le tribunal révolutionnaire, vu qu'il y a tant de Français sans pain, devait faire pour les chiens ce qu'il a fait pour les aristocrates: les envoyer tous à la guillotine!

Depuis quelques instants, l'infortuné Chapstal était retombé dans une de ces crises nerveuses qui avaient des retours fréquents; la dernière parole du fermier le frappa tout-à-coup, et il s'écria : — Au secours! à moi, majordome! aux armes! ils m'entraînent!!... Et il se précipita dans les bras de William en regardant avec terreur si on ne le poursuivait pas.... Enfin il s'évanouit.

—A moi, Aubry! criait à son tour le vieux

pirate. — Je crois qu'il me prend pour un
exempt!..... Viendras-tu donc, mille millions
de fermiers! Tu ne vois pas que ce chien
d'émigré m'étouffe!

— Parlez plus bas, monsieur William, il
pourrait vous entendre!

— Tais-toi, vieux sac à écus! Touche-le, et
tu verras qu'il se meurt!..... une singulière
idée!..... Nous sommes seuls, Aubry..... tu sais
bien que nous sommes seuls! Les chiens
aboient, mais ils ne parlent aucune langue humaine!.... Sais-tu bien qu'il est fort désagréable
de rendre des comptes et de raconter des his-
toires à un naufragé anglais, à je ne sais quel
royaliste impérial qui se propose d'avoir des
spasmes chaque fois qu'il entendra un mot en
ine? N'y a-t-il pas une loi sage qui punit de
mort les traîtres? et n'est-ce pas un traître ce-
lui-là qui rentre tout-à-coup sans nous préve-
nir?... Aubry, tu vois que je ne puis pas lâcher
ce cadavre sans le laisser tomber? Aie donc
l'obligeance de me passer certaine fiole déposée
jadis dans le tiroir de ce vieux meuble, et à laquelle défunte Marguerite n'a jamais voulu toucher!..... Penses-tu, vieux père, qu'on doive
laisser mourir ainsi son seigneur, sans lui ad-

ministrer quelque cordial?..... Je ne demande qu'une chose..... mets-toi contre la porte, et tiens-la bien!..... on ne sait pas qui peut arriver !

— Sainte mère de Dieu ! qu'allez - vous faire ?

— Passe-moi le flacon , je te le dirai après !

— Le voici ; mais Dieu m'est témoin que je ne suis pour rien dans tous vos remèdes!... Est-il possible qu'il ait le droit de réclamer les seize demi-années de redevance? à dix mille livres , cela fait...

— Cent soixante mille livres , Aubry!... Il ne veut pas desserrer les dents !...

— Cent soixante mille livres ! et où les trouverais-je donc?... Pensent-ils qu'Aubry fabrique de la fausse monnaie? William , est-il possible qu'on ait le droit de me faire rembourser .... Je n'ose plus dire le nom d'une pareille somme ! Vous ne voudriez pas tromper un honnête père de famille? dites, cela est-il humainement possible?

— Tout est possible dans ce monde... et tu le verras tout-à-l'heure!..... Tiens toujours la porte !...

— Et il faudrait payer cent soixante...

— A un spectre qui n'avait peut-être plus deux jours à vivre!...

— Mais, encore une fois, où trouver une si épouvantable somme?

— Je la cherche, et j'en retiens la moitié!... Tu n'auras qu'un mot à dire : j'ai surpris le comte se donnant la mort en buvant ce... ;

— Par Notre-Dame! William, ne prononcez jamais ce mot-là!...

— Tu as raison... il ne s'agit pas de paroles, ici! mais le chien entêté ne veut pas boire!..... Que fais-tu donc à genoux?

— *Miserere nobis...* majordome, je prie Dieu pour votre âme!...

— Cela ne peut pas faire mal; mais n'oublie pas la tienne, Aubry! au moins mets-toi à genoux contre la porte!...

— Juste ciel! Je me souviens que le pont-levis est baissé.

— Mais les chiens sont là... et ils ne connaissent que toi et ta femme... Du calme, Aubry, du calme!

— C'est horrible, William, ce que vous faites là!... Au moins si tu te dépêchais, malheureux!!

— Viens lui ouvrir la bouche toi-même,

misérable poltron! impossible d'en venir à bout!
Il faut qu'il se doute de quelque chose!...

— On monte l'escalier..... nous sommes perdus!...

— Silence!! et suis-moi, vieille mouette ef-
farouchée!... Et le majordome, entraînant le fermier par une porte secrète de l'alcôve, murmura : L'émigré a tellement bu d'eau salée hier,
qu'il n'a plus voulu boire aujourd'hui...!

Tout-à-coup la porte s'ouvrit brusquement;
Georges et Marguerite, suivis de madame Aubry qui contenait les chiens, se jetèrent aux
pieds du proscrit en criant tous deux à la fois :
Mon père!!

XV

PREMIÈRES DOULEURS.

« Je vous dis adieu avec une douleur infinie, ce n'est pas
» comme cela que nous devions nous quitter ! »

Thérèse.

Madame Aubry, qui avait plutôt suivi que conduit Georges et Marguerite dans le château de Chapstal dont elle connaissait tous les détours, se hâta de mettre le lit de la sombre alcôve en état de recevoir le noble malade. Bientôt la crise céda à un sommeil assez agité pendant lequel le comte semblait faire de brusques efforts pour repousser de la main une vision imaginaire , tout en serrant les dents comme si quelqu'un eût voulu les lui ouvrir de force.

Georges se tenait debout devant l'alcôve et contemplait silencieusement la tête du vieillard , avec un regard dans lequel on eût pu reconnaître plus facilement une douloureuse méditation qu'une tendresse profonde.

Faut-il le dire? Georges , que la nature et la pensée avaient rendu plus vieux que son âge , n'avait pu voir dans cet émigré qu'un vieillard malheureux que la mort et l'ambition se disputaient, et dont il craignait secrètement d'être reconnu le fils.

Marguerite, au contraire, plus jeune que son âge, tout aussi tendre que Georges, mais d'une légèreté et d'une inconstance qui appelaient le malheur, s'était passionnée outre mesure pour cette poétique infortune. Où les autres voyaient l'ambition et la folie, elle ne voyait que mœurs chevaleresques , noblesse et grandeur d'âme. Peut-être avait-elle aussi à se défendre contre les premières atteintes d'une autre ambition secrète, et particulière aux jeunes filles : celle de voir le monde, d'y briller, d'y être aimées, pour revenir ensuite avec toutes les pompes du triomphe et tout l'éclat de la renommée, offrir leurs couronnes et leur cœur à celui qu'elles ont aimé dans la solitude, et qu'elles se souviennent enfin d'avoir vu souffrir et pleurer.

L'auteur de ces annales sera peut-être accusé de témérité pour avoir parlé aussi légèrement de cette Marguerite, qu'il aime pourtant, et plus peut-être qu'un père aveugle ne doit aimer sa fille; mais quelque chose lui dit qu'il connaît mieux Marguerite que Marguerite ne se connaît elle-même; qu'elle descend, comme toutes les femmes, de cette mère commune qui a convoité dans le paradis le seul fruit qu'elle n'avait pas en sa puissance; que le désir de la nouveauté s'est emparé d'un petit coin de son cœur; que dans le ciel du père André elle a pensé à un paradis inconnu, et qu'au moins dans ses rêves elle a été heureuse de s'entendre appeler : la comtesse Marguerite de Chapstal!

Elle ferait en effet une si jolie châtelaine, la comtesse Marguerite, qui, brillante de diamants, de noblesse et de beauté, viendrait en grande pompe dire au solitaire : — Vertueux ermite, je choisis Georges pour époux et André pour père! — et qui les mènerait ensuite tous les deux à son noble manoir, dont elle

serait fière et heureuse de faire les honneurs
au milieu d'une nuée d'hommes d'armes, de
varlets et de pages!

Mais je m'arrête dans ma médisance, avec
l'espoir secret que ce sera une calomnie!
Il est si facile de calomnier d'après nature!
Et si tout cela n'était qu'un sentiment exagéré de sympathie pour l'infortune? L'a-
mour profond ne peut-il donc jamais avoir
l'apparence de la légèreté, comme la pensive
abeille a celle d'une mouche insoucieuse et vagabonde? Peut-être Marguerite désirait-elle
plutôt l'héritage du proscrit que celui du
comte; peut-être, au contraire, croyait-elle ne
pas assez donner à son bien-aimé en lui donnant la simple Marguerite. Ressemblait-elle à
ces preux chevaliers qui allaient chercher au
loin la gloire des combats pour revenir ensuite
plus nobles et plus aimés, se jeter aux pieds
des belles châtelaines dont ils avaient porté les
couleurs jusque chez les infidèles?

Quoi qu'il en soit, l'historien, en gémissant
ainsi à l'avance, ne fait que partager les crain-
tes douloureuses de Georges et celles d'André
lui-même, qui néanmoins, tout en redoutant
les premières illusions de la jeune fille, ne cessa
jamais de croire en Marguerite.

Mais à quoi bon vouloir deviner à l'avance les secrètes pensées de notre pauvre orpheline? suivons plutôt en narrateurs fidèles la marche de cette histoire, aussi simple que les humbles habitants de la métairie, et qui comme eux peut-être, devrait, pour être heureuse, rester cachée dans les délicieuses solitudes où elle a été écrite. Mais, l'historien le déclare ici, s'il consent jamais à livrer au monde ces annales d'une royauté solitaire qui a tant fait pour se dérober au monde, une seule espérance l'aura décidé : celle d'enlever, ne fût-ce qu'une seule famille, au bruit des grandes villes, dont les palais superbes ont le pied souvent dans le crime et toujours dans la boue, pour la transporter dans une maisonnette semblable à celle de la Vallée; dans une de ces retraites placées sur les frontières, et qui semblent n'appartenir à aucune des nations voisines; où les pas qui arrivent silencieusement sur le gazon derrière le rêveur solitaire, n'apportent jamais qu'une figure aussi pure que l'eau du lac et une âme aussi sereine que le bleu du ciel.

Dans les villes on étouffe; dans les bois on respire. Mais, dira-t-on : il faut des villes; à cela l'auteur répondra : c'est parce qu'il en faut qu'il y en a, et c'est parce qu'il y en a que je les quitte! Ne craignez rien, il y aura toujours assez de mouches paresseuses aux fourmilières, de frelons aux ruches et de nobles désœuvrés aux cités; tandis qu'il n'y aura jamais qu'une abeille dans une fleur, qu'une chèvre sur la montagne, qu'une famille dans la vallée!

Ah! si la lecture de cette véridique histoire pouvait rendre une seule famille solitaire et heureuse!... quelle couronne!

Mais retournons à Marguerite. Madame Aubry désirant apprendre beaucoup de choses, d'abord pour ne pas les ignorer, et ensuite pour avoir le plaisir de les apprendre, avait entraîné la bien-aimée de Georges près de l'unique fenêtre de la chambre; et pour arriver à ses fins, elle avait habilement profité de la rêverie du jeune penseur devant le lit du proscrit.

Marguerite, de son côté, ne se fit pas prier pour suivre la bonne nourrice, à qui elle dit :
— Viens! j'ai tant de choses à te raconter !

— Parlez plus bas, au moins; songez que de ce sommeil dépend peut-être la vie de.....

— De mon père! n'est-ce pas, madame Au-

bry? Tu auras beau dire et gronder, il y a là
quelque chose qui m'avertit que ce malheureux
naufragé jeté par le ciel sur nos côtes, précisément derrière notre montagne, et qui m'a souri
si tendrement lorsqu'il a ouvert les yeux à la
lumière, est mon pauvre père, dont André ne
m'a jamais voulu parler; car voilà comme je
raisonne : d'abord nous savons maintenant
qu'il ne peut être que le père de Georges ou
le mien, et ensuite..... je suis bien sûre que je
suis sa fille !

— En voilà une de preuve ! il est le père de
Georges ou de Marguerite ; donc il est le père
de Marguerite ! Quel fier avocat vous auriez
fait au parlement de Paris !

— Ris si tu le veux, mère Aubry, mais tu
verras plus tard que mon raisonnement en va-
lait bien un autre !... Tu ne sais pas tout ce qui
se passe, toi, et tu vas apprendre de grandes
nouvelles !.....

— Parlez vite ; j'adore les nouvelles..... et
même les vieilles, quand il n'y en a pas d'autres !

— Alors, écoute ! j'aime le père André, n'est-
ce pas ?

— Ah! vous aimez le père André ?

— Cette folie! si j'aime le père André!

— Je réponds à votre question.

— Eh bien! je ne sais comment cela se fait, mais je crois que j'aime, de la même manière, le pauvre étranger, et, chaque minute, sans le vouloir, je tourne les yeux vers cette alcôve...

— Peut-être parce que Georges s'y trouve?

— Oh! tais-toi! Mon Dieu! s'il t'avait entendue!...

— Mais dites donc votre histoire...

— C'est toi qui m'interromps toujours! — Depuis cette tempête sur l'Océan, il me semble qu'un ami m'est arrivé, et que je ne suis plus une orpheline... Dis donc, mère Aubry, que ce serait drôle si j'allais devenir comtesse!

Marguerite rêva une minute, et paraissant oublier le malade, elle dit avec une grâce entraînante et naïve :

— Si j'étais comtesse, comme je ferais bouder Georges! comme je le tourmenterais, lui qui n'est pas comte du tout! Madame Aubry, vois-tu dans son castel la comtesse Marguerite? La vois-tu recevant ses vassaux, donnant sa main à baiser au vieux bailli à perruque, et couronnant la rosière de Montperdu? Si Georges osait venir me demander en mariage, mon

nain sonnerait du cor du haut de la tourelle,
et je dirais en prenant mon éventail : « Qu'est-ce
que c'est ?... qu'on amène! » Mon beau page au
pourpoint de velours rose ; non, j'aime mieux
le velours bleu... irait dire à l'homme d'armes
de baisser le pont-levis. Tout-à-coup, l'huissier
noir, à la voix grave, ouvrirait la porte de la
salle et annoncerait : Monsieur Georges! moi
je me renverserais à demi dans mon grand
fauteuil gothique, je ferais signe de la main
d'avancer un pliant; de l'autre, je me ferais mordre par une perruche, et je dirais :
Ah! vous venez me demander en mariage,
monsieur? Je suis bien aise de savoir cela!
où sont vos titres de noblesse? Est-ce qu'il
n'aurait pas de titres?.... je m'en doutais, il
n'en a pas! et vous avez cru... fi donc! qu'on le
chasse! sortez de ce noble castel, vilain téméraire! ou plutôt : téméraire vilain! et si jamais
vous y revenez; si vous vous avisez d'escala-
der mes remparts avec une échelle de soie, ou
de passer par le trou de la serrure à la suite
de la fée qui vous protège, je vous provoque en
combat singulier, et je vous fends la tête en
deux, comme une pêche! ou bien je vous fais
enfermer pendant une heure dans la prison de

la tourelle!!...... Y a-t-il une prison dans la tourelle, mère Aubry? Oh! comme ce serait amusant!

— Très amusant! mais voyez comme Georges est triste là-bas!

— C'est vrai tout de même; je ne sais ce qu'il a depuis quelques jours. Il ne rit plus, il vous dit des mots, il boude, il a les yeux rouges.... sais-tu que tout cela est on ne peut plus ennuyeux? Serait-il jaloux de ne pas être comte? Oh! je suis fâchée d'avoir dit cela..... voilà une mauvaise parole! Pauvre Georges, tu ne mérites pas cette méchanceté-là.... Surtout ne va pas le lui raconter, toi qui as toujours quelque chose à lui dire tout bas.....

— Je ne suis pas contente de vous, Marguerite; vous êtes trop rieuse en l'absence du bon monsieur André, et trop folle pour la chambre d'un malade.

— Allons, ne vas-tu pas te fâcher, à présent, parce que je souris une minute, moi qui ai tant pleuré cette nuit!.... Georges, qui est presque médecin, n'a-t-il pas dit tout-à-l'heure que c'était une crise nerveuse sans danger véritable?.... Et d'ailleurs, je l'avoue, je suis coupable; j'éprouve des accès de tendresse, de

gaieté, de mélancolie, qui se mêlent et qui font
de moi une autre fille... plus folle que sage!...
Mon Dieu! que se passe-t-il donc en moi?
bonne mère, ne me fais plus de méchants
yeux; je suis plus à plaindre qu'on ne croit!

— Pauvre infortunée, soyez tranquille, on
vous plaindra! Mais, par grâce, racontez au
moins ce qui s'est passé à la métairie. Avez-vous
confiance en moi? suis-je de la maison, oui ou
non?

— Oh! il s'est passé une grande scène qui ne
sortira jamais de ma mémoire! le pauvre André
était dans une terrible agitation. L'apparition du
proscrit l'avait rendu malade, et jamais je ne
l'avais vu ainsi. Tout d'un coup, il nous appelle
tous les deux, et nous prenant par les bras; il
s'écrie.... mais c'est sa voix qu'il aurait fallu entendre!..... « A genoux, infortunés enfants!
car la main de Dieu est suspendue sur vos têtes! Vous allez apprendre la moitié d'un secret
que j'ai presque livré dans un moment de
délire, où je ne voyais plus qu'un malheureux proscrit! Hélas! je l'ai laissé trop vite s'é-
chapper de ma poitrine, ce fatal secret; il
pesait sur mon cœur, et mon cœur l'a rejeté.
Priez Dieu, qu'en s'envolant de mes lèvres il

n'emporte avec lui votre bonheur et le mien! »

Ici, il eut une longue pause, et moi je priais et je tremblais, mais je tremblais, vois-tu? Georges, au contraire, restait immobile et regardait André.... Tiens, comme il regarde en ce moment dans le fond de l'alcôve! Quelques minutes après, notre pauvre père reprit : « Rassurez-vous, enfants, tout n'est pas perdu!.... Ce qui me reste de ce secret renferme les dernières espérances de votre avenir!..... » Et puis, il posa ses mains sur nos têtes en disant : « Priez Dieu, pauvres orphelins! car l'un de vous est l'enfant du comte de Chapstal !!... » A ces mots, je fis un grand mouvement, et mes genoux fléchirent; mais Georges resta glacé et dit : —Lequel ? —Tu me demandes lequel ? répondit André avec colère. —André en colère ! et contre Georges ! cela s'est-il jamais vu ? — Georges, reprit-il, est-ce que tu désirerais être cet enfant? Georges ne répondit pas, il était comme un statue, mais si pâle, si pâle !... et il dit encore une fois : Lequel ?—Imprudent ! murmura le père André en s'en allant dans le fond de la salle, et oubliant notre présence : —Ils ne le sauront jamais! qu'ils fassent comme le vieillard! qu'ils passent dans la flamme en marchant

sur des cadavres!... ou bien qu'ils aillent inter-
roger la tombe !... Mais non, qu'ils ouvrent plutôt mon crâne, car le secret est là !... là !... et il
riait d'une manière affreuse, et se frappant le
front du poing, il criait : Qu'ils ouvrent ma
tête, et le secret s'envolera dans le ciel avec
l'âme du vieil André!!...

Il entra ensuite dans la salle voisine où
nous l'entendions marcher à grands pas en
murmurant des paroles inintelligibles..... Peu
à peu sa marche se ralentit, et sa voix com-
mença à s'éteindre..... Il revint auprès de nous
un peu plus calme.... Il ouvrit la fenêtre qui
donne sur la prairie, et regardant au loin le
château, avec des yeux mouillés de larmes :
Levez-vous! nous dit-il d'une voix étouffée,
l'enfant qui manque de respect à son père
est maudit!..... Allez au château..... qui sait?
la tendresse étouffera peut-être l'orgueil;
peut-être l'ambitieux sera-t-il vaincu par le
père !... Non , Dieu ne voudra pas que la faute
d'un vieillard sans prévoyance retombe sur la
tête de jeunes enfants, et que l'innocent soit
puni pour le coupable! Georges et Marguerite !
l'un de vous est l'enfant du comte de Chapstal ! Eh bien! courez tous les deux embrasser

votre père !! » — Et moi, dit madame Aubry,
vous voyant lancés comme de jeunes faons, je
fus bien inspirée de vous appeler et de vous
rejoindre..... Oui, il faut que monsieur André
soit malade pour avoir oublié que les chiens
pouvaient vous dévorer... Heureusement que
depuis long-temps j'avais pressenti quelque
chose de semblable, et qu'au moyen de certaines aubaines enlevées dans le département de
la cuisine, j'avais adroitement entretenu des
intelligences avec l'ennemi..... Mais pourquoi
couriez-vous plus vite que Georges?

— Parce que je voulais revoir le proscrit,
deviner dans ses yeux s'il était mon père, et
que j'avais des ailes !

— Et que vous a dit Georges, lorsque après
vous avoir si souvent appelée il a fini par vous
atteindre ?

— Une parole si méchante que j'en ai eu du
chagrin pendant plus d'un quart d'heure !

— Juste ciel ! un quart d'heure !

— Il m'a dit : Courez vite chercher un autre
André! peut-être trouverez-vous aussi un autre
Georges ! N'est-ce pas, mère Aubry, que c'é-
tait bien méchant?

Madame Aubry détourna la tête et regarda

du côté de l'alcôve, avec un sentiment de tendresse profonde, l'enfant étranger qu'elle avait
nourri de son lait.

Marguerite lui ayant dit à plusieurs reprises :
A quoi pensez-vous donc, madame Aubry?...
celle-ci répondit enfin :

— Pauvre Georges !

Marguerite se mit à rêver à son tour. Le silence devint profond ; on n'entendait plus que
la respiration entrecoupée du vieillard que le
taciturne enfant contemplait toujours, debout
à la même place.

Tout-à-coup Georges sortit de sa rêverie et
s'approchant de Marguerite, il ne vit sans doute
pas les larmes soudaines qui brillèrent dans ses
yeux car il lui dit :

— Marguerite! puisqu'il y a deux pères, il
faut choisir : soyez heureuse, je vous abandonne celui-ci! gardez M. le comte de Chapstal... Georges va garder le pauvre André!...

Et Georges disparut.

XVI

RÊVERIE D'UN VIEILLARD.

. . . .
« Cette âme enlevée à la terre,
» Aux chœurs de la céleste sphère
» Reporte ses divins concerts. »

TÉOD. LEBRETON.

Le père André était bien affaibli. Depuis long-temps habitué au calme de la vie des champs, aux promenades silencieuses, à la tendresse contemplative, à toutes les poésies de la solitude, il avait tout-à-coup subi de nouvelles secousses morales, lorsque seize années entières n'avaient pas encore reposé son âme; et cette âme maintenant emprisonnée dans un corps

énervé par la vieillesse, venait d'être profondément atteinte.

Il était couché dans un grand fauteuil sur le
balcon de la salle des chevaliers, d'où son regard plongeait dans la vallée, et pouvait distinguer les sombres tourelles du château où
deux orphelins étaient allés embrasser un
père.

Il était donc seul pour la première fois, depuis son entrée dans la métairie, ce pauvre
André qui n'avait d'autres enfants que ces tendres orphelins qu'il s'était donnés après les
avoir arrachés, l'un à l'ambition, l'autre à la
misère, l'un au crime, l'autre au déshonneur.
Non, il n'avait pas d'enfant par le sang, le père
André, mais il avait deux enfants par le cœur
et par les larmes. Comment ne les aurait-il pas
aimés, ces deux anges qui ne lui étaient pas
venus par les œuvres aveugles de la paternité,
mais par l'œuvre profondément conçue et combinée de son cœur et de sa raison!

C'étaient les enfants de son choix; c'était la
filiation de la tendresse et du malheur.

C'étaient deux fleurs dérobées au soleil qui
flétrit, aux vents qui dessèchent, et grandis-
sant presque sans culture sur une terre rafraî-

chie▮▮ l'ombre des forêts et le passage des
ruisseaux ; sur une terre où les plantes sortent
joyeuses et odorantes, sans craindre d'être fou-
lées sous le pas du voyageur.

Hélas! le pas du voyageur ne s'est-il pas fait
entendre à ces deux fleurs prêtes à s'épanouir?
Le vent dès long-temps attendu qui devait souf-
fler sur ces tiges mûrissantes pour rapprocher
leurs têtes dans une alliance aérienne, ne se
lève-t-il pas impétueux, aveugle, et menaçant de
les briser à son passage? Les mêmes souffles
n'ont-ils pas poussé, avec la tempête, un vaisseau derrière la montagne et jeté sur le rivage.... un moissonneur impitoyable! un père
ambitieux!

André voyait soudain ses plus chères illusions prêtes à s'envoler. Cependant il ne dés-
espérait pas de l'avenir, et jetant un rapide
regard sur sa vie passée, il avait pris la résolution de garder l'autre moitié du secret si aven-
tureusement hasardé, et de lutter dans sa solitude contre toutes les puissances de la terre,
avec le seul courage du silence!

N'est-ce pas, qu'il est dans le monde des
luttes ignorées qui absorbent plus d'énergie, de
constance et de force que les luttes mêmes qui

déchirent les nations? Regardez ce vieillard; il
va combattre, dans une révolution de famille,
avec autant d'héroïsme que ceux qui luttent
aujourd'hui dans les grandes révolutions po-
pulaires, pour dormir demain dans le sommeil
de la tombe, ou dans les limbes de l'immortalité!

Tandis qu'André rassemblait, avec ses souvenirs, toutes les forces d'une volonté indomptable, et qu'il levait les yeux pour demander
au ciel son assistance, il aperçut au loin Georges revenant du château.

Le vieillard considéra attentivement ce pauvre jeune homme arrivant lentement sous les
saules de la prairie, la tête baissée et les bras
abandonnés; une fois même il crut le voir
passer la main sur ses yeux comme pour y essuyer des larmes. A cette vue André revint au
souvenir de sa propre jeunesse et de la Marguerite qu'il avait tant aimée, et dont il voyait
le fils venir à lui. Peu à peu sa tête se pencha,
ses yeux se fermèrent à demi, et il tomba dans
une rêverie profonde.

...... Pauvre enfant! toi que j'avais si bien
caché dans une vallée infranchissable, et dont
j'ai moi-même ouvert l'entrée aux passions du

monde, es-tu donc destiné à mourir comme ta
mère? Est-il vrai que la douleur atteint la créature de Dieu, dans les chaumières comme dans
les palais, dans les montagnes comme dans les
cités? N'y aurait-il donc aucune exception à
cette mystérieuse règle de la science divine? O,
Georges! seras-tu, comme ta mère et comme
moi, malheureux par l'amour? L'amour! la
voilà cette puissance terrible qui atteint les
créatures de Dieu, et dans les sables-brûlants
du désert et dans les neiges éternelles des zones
polaires!...

Si, pour le dérober à l'amour, je l'avais sauvé
seul, j'aurais donc abandonné Marguerite? Et
si je les avais séparés en les sauvant, n'eussent-
ils pas aimé loin de moi?

Ferai-je maintenant ce que je n'ai pas fait
autrefois? Celui qui a réuni les berceaux, sépa-
rera-t-il les couches virginales, et préparera-
t-il deux tombes?

Mais devais-je les réunir auprès de ce château où j'attendais un noble frère? Devais-je
espérer que l'ambitieux reviendrait, corrigé
par le malheur, ou du moins impuissant au milieu de lois égalitaires? L'histoire ne m'avait-
elle pas appris les caprices des révolutions?

L'expérience ne m'avait-elle pas montré le sommeil des peuples et la légèreté de cette France tour à tour profonde, futile, héroïque et oublieuse?

Cette pauvre France, qui se façonne sans relâche, et des mille mains de ses mille cités, une statue d'argile qu'elle appelle la statue de la Liberté, et que les larmes du peuple viennent fondre en une minute, jusqu'à ce qu'elle s'en façonne une autre, toujours de la même terre, et sur laquelle coulent les mêmes larmes!

Oh! je devais emporter ces enfants dans les savanes de l'Amérique; abriter leurs têtes blanches et frêles sous le chapeau de paille du colon, et leur sommeil virginal dans une cabane creusée à l'ombre d'un palmier... Les eaux du lac, une nacelle, une carabine pour Georges; une prairie, une chèvre et des fleurs pour Marguerite; et à tous les deux un vieillard priant et veillant nuit et jour. Car il eût fallu un esclave vieux et fidèle à ces tendres Européens du Nouveau-Monde, pour les entourer d'un cercle infranchissable aux panthères, aux serpents et aux hommes!

Mais lui! ce pauvre frère! fallait-il l'abandonner pour jamais? Et qui l'aurait sauvé des

fureurs de l'Océan? qui aurait conservé à ses
vieux jours le toit de ses ancêtres? et à l'heure
suprême qui serait venu dire le mot du pardon à l'oreille du chrétien et fermer les yeux
au mourant? Fallait-il donc oublier et fuir à la
fois tous les hommes, qui sont mes frères, et
ce frère malheureux, qui n'est qu'un homme!
Allons, je devais rester en France, et je devais
faire tout ce que j'ai fait. Celui qui m'a sauvé
autrefois de mon désespoir en me conduisant
comme par la main dans une bonne action, ne
saura-t-il me conduire sans encombre jusqu'à
cet endroit de la route où s'élève une tombe?

Mais quel sinistre espoir que celui de quitter
cette terre et d'y abandonner mes deux enfants
chéris! André, ce serait pour le ciel!.....

Le ciel? hélas! quelle figure pâle et douloureuse, au milieu des anges réjouis et des chéru-
bins illuminés, doit y apporter un père qui
vient de laisser ses enfants sur la terre! Quels
chants célestes peuvent donc entendre là-haut
ceux qui ont encore dans l'oreille le chant fu-
nèbre des cathédrales? Quels divins parfums
peut donc respirer celui qui est encore imprégné
de l'encens mortuaire? Quel ange rayonnant
dans son nuage peut faire oublier une jeune

fille pleurant dans la prairie? Quelle sainte à
l'auréole de lumière peut faire oublier la pauvre
femme assise auprès d'un berceau? Quel patriarche aux bras tendus peut faire oublier le
vieux père courbant dans l'âtre sa tête chauve
et ridée, et laissant tomber une larme dans les
cendres du foyer?

. . . . . . Le ciel ne sera le paradis qu'à la
résurrection générale; le jour où toutes les
créatures y seront réunies, mais non pas en
foule; le jour où chaque âme retrouvera enfin
son âme aimée dans les solitudes éthérées où
elles s'uniront pour l'éternité, mais d'où elles
n'écouteront des harmonies aériennes que
l'écho expirant; d'où elles ne verront de l'é-
blouissante et céleste lumière que les lointains
reflets; d'où elles n'entendront de la parole de
Dieu que le murmure apporté par un souffle
invisible et qui dira : « Aimez-vous! »

Aimer éternellement, dans l'ombre et le silence, celle dont l'amour est éclos à la chaleur
de l'âme en même temps que le vôtre, comme
les deux œufs d'une colombe à la chaleur de
leur mère : voilà le ciel! Mais je ne veux aimer
là-haut que celle que j'aime ici-bas; je ne la
veux ni plus belle, ni rayonnante, ni par-

faite ; je ne lui veux d'autre habit céleste que celui qu'elle portait dans la prairie ; je ne veux d'autre couronne dans ses cheveux que la blanche marguerite que j'y ai mise moi-même ; et comme elle me faisait pleurer sur la terre, je veux qu'elle me fasse pleurer dans le ciel! Oh! ne lui retirez pas un cheveu, ou ce ne sera plus elle ; si c'est un ange, je l'admirerai ; si c'est une sainte, je la vénérerai ; si c'est Dieu, je l'adorerai... mais si c'est elle.... oh! je l'aimerai!

Car c'est toi qui as été ma bien-aimée et ma femme! L'union de nos âmes a été bénie par une divinité qui planait dans les airs ; ton Georges est mon Georges ; lorsque tu devins mère, mon âme était dans ton cœur, et ton chaste amour m'a fait comprendre enfin le mystère de la conception immaculée !.....

Car *il* n'a jamais vu son fils , puisque je l'ai emporté tout nu dans mes bras ; il n'a pas même été comme saint Joseph le père nourricier de l'enfant que m'a donné ma vierge sans tache, la Marguerite de Saint-Jean!

Mais que vois-je? Est-elle descendue sur la terre? Est-ce Marguerite qui vient vers moi le long du ruisseau? Est-ce une illusion?..... Oui, mais une illusion bien douce : c'est son image que m'apporte son fils Georges, aussi beau qu'elle était belle, et que j'aime autant que je l'ai aimée!... Viens à moi, pauvre enfant; approche de cette silencieuse retraite où t'attend l'ombre de ta mère, qui vient enfin chercher celle du vieillard..... Viens dans mes bras, où tu sentiras battre en même temps le cœur de Marguerite et d'André!..... Il m'a vu!..... il court..... il devine que je vais aussi lui parler d'une Marguerite!.....

Marguerite!..... Pourquoi ne revient-elle pas avec Georges?

XVII

DOULEUR QUI S'ENDORT.

L'avenir est un mystère; ayons confiance.

Souvenir d'un voyage.

Me voici, mon père! dit Georges. Puis se couchant sur le balcon près du grand fauteuil, il renversa la tête sur les genoux du vieillard; position qui lui était familière lorsqu'il avait quelque douleur dans l'âme, car il aimait alors à regarder tour à tour le ciel et les yeux d'André.

— Ah! je comprends!... Georges, tu as du chagrin.

— Si je n'avais que du chagrin !

— Qu'as-tu donc ?... Dis-moi d'abord pourquoi tu es revenu seul et si vite.

— Ne me questionne pas, mon père, car Georges ne connaît pas le mensonge.

— Doit-il connaître le silence ?

— Eh bien ! Marguerite reste au château, et Georges vient mourir avec toi !

— Marguerite reste au château ?

— N'y a-t-elle pas trouvé un autre père ?

— Et qui t'a dit que ce fût son père ?

— Hélas ! je sais qu'elle le désire !

— Et si c'était le tien, que dirais-tu ?

— Je dirais : si c'est un doute, ne l'éclaircis pas ; si c'est un souvenir, efface-le ; et si c'est une vérité, oh ! ne l'apprends jamais au pauvre Georges !

— Tu renoncerais à la noblesse du sang ?

— Du sang ? j'en ai dans les veines ; de la noblesse ? j'en ai dans le cœur !

— Et la fortune ?

— J'ai celle du pauvre : le courage !

— Et les honneurs ?

— Des honneurs ? L'oiseau ne chante-t-il pas sur mon passage, et le soleil ne daigne-t-il point se lever pour moi tous les matins ?

— Mais la patrie, Georges, ne veux-tu pas contribuer à sa gloire?

— La gloire d'une nation, tu me l'as dit cent fois, André, c'est la paix et le bonheur! Laisse-moi cultiver la science dans la vallée, et ne perdons pas une minute, ô mon maître, car sur cette terre il y a autant de malades que de malheureux! A moi les blessures du corps; à toi celles de l'âme!

— Eh quoi! si le hasard te faisait son fils, tu renoncerais au brillant héritage du comte de Chapstal?

— Quelle que soit la vérité dans le mystère qui pèse sur mon avenir, s'écria Georges en levant la tête et en tendant la main vers le ciel; quels que soient mon origine, mes droits, mes espérances, mes gloires ou mes misères, il n'y aura jamais pour moi dans ce monde d'autre père qu'André!

— Georges, la loi de la nature n'a-t-elle pas fixé le devoir de l'enfant, et le premier de ces devoirs n'est-il pas de consoler la vieillesse d'un père et de fermer ses yeux quand l'heure de la mort a sonné?

— Aussi Georges est-il bien décidé à consoler le père André et à mourir avec lui!

II.   6

— Et qui te dit que Marguerite n'en fera pas autant?

— Son absence !

— Ne fallait-il pas soigner, quelques heures encore, le malheureux Chapstal?

— Que n'a-t-elle fait ce que j'ai fait?

— Quoi donc?

— Je suis revenu le premier, et j'ai laissé Marguerite.

— Mais si elle avait fait comme toi, qui serait resté auprès du proscrit?

— Moi, peut-être.

— Alors elle aurait pu t'accuser comme tu l'accuses.

— Non, car je serais revenu..... et elle ne revient pas, ô mon Dieu !

— Tu aurais donc abandonné le proscrit?

— Tu me pousses à bout, André... Eh bien! non ! car c'est le proscrit qui nous a tous abandonnés. Pourquoi mépriser tes sages conseils et fuir ta douce hospitalité? pourquoi calomnier la Providence au milieu des vagues et la méconnaître au port? pourquoi l'infortune fait-elle place au bonheur, et le bonheur à l'ingratitude? pourquoi.....

— Arrête!..... si c'était ton père?

— Faudrait-il donc mentir?

— Il faudrait garder le silence!

— Penser et se taire! Ne sommes-nous plus à la cour des Frênelles, André, et ne fera-t-on plus grâce à la pensée qui parle?

— Comment faire grâce à celui qui ne pardonne ni au proscrit ni à la bien-aimée?

— Que le proscrit me rende Marguerite, et je leur pardonne à tous les deux! Mais que dis-je?..... je ne pardonne pas à Marguerite: je l'aime!

— Alors pourquoi l'empêcher d'aimer le proscrit...? Ne peut-on aimer deux André?

—Pas plus qu'on ne peut aimer deux Georges! Tiens, je ne sais comment t'expliquer ce que je pense si bien. Mon Dieu! quel malheur de penser et de sentir des choses qu'on ne pourra jamais faire comprendre!.... Quand le vent souffle dans mes cheveux, un frisson m'avertit de son passage, et pourtant je ne puis ni le voir, ni le saisir, ni l'expliquer; il en est de même de Marguerite: elle arrive; elle passe; elle me fuit, et je ne puis ni la retenir, ni la comprendre! Long-temps je l'ai aimée comme une sœur, et il n'y a pas un an qu'elle me poursuivait encore dans la prairie pour m'embrasser!.... Mais, un

jour, j'ai senti un grand trouble; Marguerite a
cessé de me poursuivre, et j'ai cru que je ne l'aimais plus du tout; c'est-à-dire que je commençais à l'aimer autrement, et de toutes les forces
de mon âme! Toi, qui ne l'as jamais aimée que
d'une seule manière, André, comment la con-
naîtrais-tu comme je la connais? O Marguerite!
votre course est trop légère pour qu'il ne reste
pas un peu de légèreté dans votre cœur; vous
avez poursuivi trop de papillons dans la prairie
pour ne pas poursuivre un jour dans le monde
autant d'illusions qui s'envoleront aussi!

— Sa course peut être légère, sans danger,
car Marguerite vole autour de nous sans jamais
quitter notre rayon. Calme-toi, enfant, ta Marguerite ne s'éloignera jamais.

— Pourquoi n'est-elle pas ici?

— Elle y est.

— Où donc?

— Touche ton cœur, et tu la sentiras!

— Mon père, celle qui est dans mon cœur
fait tout mon chagrin, et... il me faudrait l'autre pour me consoler de celle-là!

— Si c'était moi, je dirais au contraire à
celle de mon cœur de me consoler de l'autre!

— André, tu m'as dit souvent que Margue-

rite était une fleur !..... Sais-tu ce que les passants font des marguerites? ils les cueillent et
les flétrissent sous leurs baisers brûlants, et
puis ils comptent et arrachent leurs feuilles,
que le vent emporte les unes après les autres...
et quand il ne reste plus que la tige, ils la roulent dans leurs doigts une minute, et la jettent
dans la poussière du chemin !

— Mais qu'as-tu donc aujourd'hui contre
cette pauvre Marguerite?

— J'ai..... j'ai qu'elle ne vient pas !

— Si le passant est assez téméraire pour vouloir cueillir ta fleur, ne sommes-nous pas là
pour la défendre?

— Et si la volonté de Dieu est qu'elle soit
cueillie ?

— Eh bien ! il y a un doux moyen d'accomplir cette volonté.

— Lequel?

— C'est de la cueillir toi-même !

— Et qui m'aidera à la retrouver si elle se
perd dans les hautes herbes de cette prairie immense qu'on appelle le monde?

— Si tes yeux de seize ans et ton cœur de
jeune homme ne te suffisent pas, mes yeux de
vieillard et mon cœur de père te viendront en

aide; je te conduirai par la main, et je suis bien
sûr d'aller droit vers elle, et de reconnaître ma
petite Marguerite... Car celle-là n'est pas faite
comme les autres!

— Tu réponds à tout, vénérable André; ton
amour l'emporte sur le mien, et je ne suis
qu'un méchant... mais aussi tu n'es pas jaloux,
toi?

— De qui peux-tu donc être jaloux?

— De tout le monde, excepté d'André : de la
chèvre qu'elle emmène et qu'elle caresse; de
madame Aubry qui l'embrasse toujours devant
moi, et du malheureux vieillard qui la retient à
cette heure!... Je ne suis plus un enfant, hélas!
il me semble toujours que Marguerite et moi
nous n'avons pas les mêmes âmes, et il y a de
singuliers pressentiments qui vous viennent
dans les heures de nuit... Tiens! juge-nous tous
les deux.... Que faisaient tes enfants pendant
les plus beaux jours de l'été? Tandis que Marguerite courait sur les bords du lac, Georges
regardait tristement sa propre ombre, et lui
disait comme s'il eût parlé à un autre Georges :
hein, comme elle s'en va? hein, comme elle t'a-
bandonne? Pauvre Georges; je te plains!... Puis
quand elle revenait, les mains chargées de la

poussière d'or des papillons mutilés, Georges
avait souvent remis à côté de ses frères le pauvre oiseau tout nu tombé du nid maternel.....
Une fois elle vint derrière moi et me surprit...
je croyais qu'elle allait voir mes yeux rougis
par les larmes; elle ne vit rien du tout, et me
dit : Regarde, Georges, quel bel insecte j'ai
piqué dans mon chapeau! Et moi je me retour-
nai sans répondre, et je pensai ceci en moi-
même : un jour elle me piquera comme cet insecte!... Oh! mon cœur est gonflé, car malgré
tout je l'aime!... ma tête est malade, et si elle
ne revient pas tout-à-l'heure, je veux mourir!...
Oui, mourir! parce que je sens qu'elle ne reviendra pas, parce que je pleure, parce que
j'ai du chagrin et de la rage, parce que je vois
dans le passé et dans l'avenir avec tous les yeux
de la jalousie, parce qu'il lui faut deux André
et deux Georges... parce que je souffre trop, et
que tu n'as qu'un mot à dire pour me consoler
tout de suite!

— Que faut-il dire?

— Promets-moi que, le jour où je serai trahi
par *elle*, tu me conduiras dans la chapelle où
nous ferons une prière pour qu'au moins sa
trahison lui profite, et qu'elle soit heureuse; et

qu'après cela, nous dégageant tous les deux des
liens de la terre, tu me prendras dans tes bras,
et tu m'emporteras dans le ciel!

— Je te le promets, Georges; mais...

— Que vas-tu dire?

— Mais ce jour n'arrivera jamais!... va, Marguerite n'est pas de la famille des traîtres!
Laisse-moi parler à mon tour.... je ne t'empê-
che pas de pleurer; seulement écoute-moi.....
les larmes d'un enfant tel que toi ne sont pas
perdues; c'est la rosée qui mouille les fleurs
du matin, et tombe goutte à goutte dans le
cœur des marguerites!... La tienne est légère,
il est vrai; mais peux-tu lui faire un crime de
ce qu'elle s'abandonne à sa nature? L'hiron-
delle est plus légère encore; n'aime-t-elle
pas ses petits? n'apporte-t-elle pas des rives
étrangères la mémoire de la reconnaissance
pour l'étable qui a reçu son nid, et pour le
laboureur qui a protégé sa famille? Tu crains
pour elle les séductions du monde? Va, si elle
te quittait aujourd'hui, demain tu la verrais
revenir épouvantée et regardant derrière elle!
Mais elle ne partira point, parce que tu es bon,
parce que tu l'aimes, parce qu'elle est notre
Marguerite, parce qu'elle nous appartient

comme ce ruisseau à la prairie et cette ombre à
la forêt; parce que si on vient la demander
nous ne la donnerons pas; parce que nous la
garderons pour nous, et que, lorsqu'elle sera
notre petite femme, nous l'embrasserons autant
de fois que nous venons de dire de méchantes
paroles contre elle!

— Hélas! toutes ces certitudes sont-elles autre chose que les rêves décevants où se cache
l'espérance?

— Oui! ce qui est plus que l'espérance,
c'est le cœur de Marguerite et la volonté de
Dieu!

— Et qui t'a dit que Dieu veut qu'elle revienne?

— La voix qui m'a dit de chercher deux orphelins pour les aimer, les unir, les rendre heureux.

— Mais peut-être t'es-tu trompé en cherchant à la fois deux orphelins destinés au bonheur..... Car si Marguerite est l'un des deux,
Georges sent bien qu'il n'est pas l'autre!

— Comment pouvais-je me tromper? Le
doigt qui me les a montrés dans la foule est
le même qui m'a montré leurs étoiles dans le
ciel!

— Eh bien! mon père, que votre noble mission s'accomplisse, et que le bonheur se hâte;
car... votre Georges s'en va!...

Et la voix de ce noble et naïf enfant devenait
bien faible; vaincu par la douleur et la fatigue,
il abandonna tout-à-fait sa tête sur les genoux
du vieillard qui le contemplait avec confiance
et amour.

— Que fais-tu donc, Georges?

— Je cherche les deux étoiles, mon père.

— Mais tes yeux se ferment?...

— C'est égal, je les vois dans mon ciel!

— Regarde-les bien, mon fils bien-aimé; ces
deux étoiles marquent à la fois la place où est
Marguerite de Saint-Jean et l'endroit où nous
passerons pour aller la rejoindre!...

— Pauvre mère, murmurait le tendre Georges
d'une voix plus faible encore, je pourrai donc
te donner un jour mon premier baiser? Il me
semble qu'il sera éternel!..... quand je te tiendrai dans mes bras, il y aura un compte de
seize ans à faire entre nos âmes!... Il me semble encore que ce sera pour bientôt..... André,
pourquoi pleures-tu?

— Qui t'a dit cela?

— Tu pleures dans mes cheveux...

— Je pense à ta mère !

La voix de Georges allait en s'éteignant.

— Pauvre mère ! chaque fois que je dors, je rêve que j'ai des ailes... Hein, si j'avais des ailes ?... Envoie-moi donc des ailes, ô ma mère !... surprends un ange par derrière, coupe-lui les ailes, jette-les à Georges, et tu verras où il s'envolera !... Merci !... merci !... comme elles sont blanches !... Eh quoi, des ailes de neige ?... Pauvre mère ! si tu veux que je m'envole, dis auparavant au soleil de s'éteindre !...

Le céleste enfant murmura encore quelques vagues paroles dont André ne put comprendre le sens ; puis il s'endormit, la figure tournée vers la voûte étoilée...

Le vieillard, craignant de le réveiller par le moindre mouvement, resta immobile comme la statue de Joseph, qui contemple l'enfant de Marie dans l'étable de Bethléem.

Sa tête était baissée, et sa barbe vénérable touchait presque les yeux fermés de l'orphelin ; ses lèvres remuaient sans prononcer une seule parole, mais ceux qui savent comprendre la pensée de l'âme lorsqu'elle expire sur les lèvres, auraient compris que le vieillard disait :

Dors mon enfant... André veille sur toi !!

XVIII

CHAMBRE NOIRE.

« ... A cet effet il appliqua l'œil contre une fente que le
» temps, par complaisance pour les domestiques curieux,
» avait faite à la porte. »

WALTER SCOTT.

— Quand je te dis, infernal fermier des rives du Styx , qu'il n'y a encore rien de perdu ! depuis la nuit où Chapstal a refusé de boire le cordial qui lui était prescrit par ses deux médecins, je fais le guet dans cette chambre noire où je me livre à une grande recherche.

— Si elle est grande, elle ne peut être longue !

elle n'a pas une toise carrée, votre chambre noire, et peut-être ne faut-il pas chercher ailleurs la cause pour laquelle j'y étouffe!

— Fais comme moi, Aubry, ouvre ta gourde, et avale un coup de rhum.

— Si cela ne contrarie pas trop vos idées, majordome, je vais ouvrir cette lucarne et avaler un peu d'air!

— Imprudent! es-tu fatigué de voir rester sur pied la bicoque qui loge ton âme? Si on apercevait seulement le bout de tes longues oreilles, nous serions perdus. L'heure de faire notre entrée solennelle n'a encore sonné à aucune horloge... Et d'ailleurs, pour qui nous prendrait-on? pour des espions?... fi donc!

— Le fait est, monsieur William, qu'il serait peu agréable d'être surpris dans une position tellement équivoque, au milieu d'une chambre si peu fréquentée, et surtout si peu aérée, qu'à bien considérer les choses il ne serait pas impossible qu'un jugemeut précipité ne nous déclarât...

— Deux imbéciles! si nous ne profitons de la dernière occasion de rattraper notre influence, nos titres.....

— Et nos écus!.....

— Voilà parler! quand il s'agit d'écus, tu es merveilleusement laconique! Maintenant, examine ma conduite, et tu verras que si elle n'est pas aussi simple que ta réponse, elle est au moins profondément combinée. Mille pirates! il y a plus d'un loup de mer qui ne verrait pas si loin avec sa longue vue, que William avec ses petits yeux!

— Sans compter, majordome, qu'ils sont tellement enfoncés dans leurs orbites qu'on dirait la monture d'un double télescope!

— Aubry, laisse-moi faire; il est aussi difficile au lévrier de découvrir la piste du lièvre, qu'à l'épagneul de le prendre à la course!... il ne s'agit que de mettre le nez au vent. Notre seigneur et maître, au lieu de continuer sa course vagabonde dans les plaines de la Grande-Bretagne, fait son crochet et nous arrive dans un moment où nous n'étions guère occupés à prier Dieu pour son retour. De plus, il revient avec une taille si fantastique que son existence peut passer pour un problème. Enfin, il est sec et entêté comme un tambour de basque sur lequel on peut frapper, un an, sans lui faire dire une autre note et sans le trouer... Il y avait un moyen décisif... mettre le pied dedans et le cre-

ver!... Nous l'avons essayé... mais le ciel n'a
pas permis que le stratagème réussît, et nous
n'avons rien à nous reprocher de ce côté-là.

— Seulement une petite observation, monsieur William! je ne vois pas distinctement quel
rapport le ciel peut avoir avec la chose.

— De l'esprit? Aubry, crois-moi, reste ce
que tu es... Il n'y a ici-bas que les pauvres d'esprit qui deviennent millionnaires!... Je disais
donc que l'émigré nous arrive si sec et si diaphane, qu'en lui introduisant un bout de chan-
delle on pourrait le suspendre en guise de lan-
terne sur le grand escalier!... Cependant la loi
ne demande pas au serviteur qui a des comptes
et des écus à rendre, combien le maître a encore de jours à vivre, et tout en filant son dernier nœud Chapstal pourrait très bien nous en
passer un autour du cou... ce qui ne paraît pas
flatter tes goûts, estimable Aubry!... Et pourtant, quel est notre crime? de jouir en apparence d'une santé moins équivoque que celle
de notre suzerain; tranchons le mot : on nous
a trouvés aussi étoffés dans nos personnes que
maigres dans nos justifications!... Mettons-nous
la main sur la conscience, Aubry; tes répon-
ses étaient plus diaphanes que ton individu, j'a-

vais bu comme un brick qui coule , et tu avais
peur comme si tu te fusses trouvé à fond de
cale de ce dernier, en compagnie des barriques de rhum qui , du reste , n'eussent été ni
plus grosses ni plus pleines que ta gracieuse
personne ; et voilà les raisons pour lesquelles,
depuis deux jours et deux nuits, je consacre
tous mes loisirs à écouter aux portes.

— J'avouerai sans détour que je saisis diffi-
cilement le rapport qu'il y a entre les fentes
des portes et nos écus de six livres, et que je ne
comprends pas davantage la nécessité de me
faire appeler secrètement par le vieux Jérôme...
car il a fallu tout l'intérêt que je vous porte...

— Sans compter la peur....

— Pour me décider à gravir la brèche du
rempart, au risque de me casser quelque chose,
et à traverser ensuite les sombres détours de
ce terrible château !

— Terrible depuis qu'on n'y boit plus. O
faiblesse de la chair ! Et tu me demandes pourquoi j'applique l'œil contre les fentes de cette
porte vermoulue, stupide fermier? Je veux bien
te donner une dernière explication : quand on
a fait une quantité de voyages autour du globe,
et découvert plus d'îles qu'il n'y a de grains

de sable dans la mer, on n'est pas sans avoir
vu et appris quelques petites choses... notamment que le cœur humain est une machine
obscure et profonde dans laquelle se meuvent
les passions les plus sourdes et les plus terribles ; de manière que, pour peu qu'une force
subtile et étrangère imprime une plus grande
vitesse à la manivelle, la machine elle-même
finit par sauter en l'air..... exactement comme
une vieille tour minée qui gambade avec sa
garnison, tandis que le mineur se met à rire
de loin en mettant le pied sur sa mèche !.....
J'espère que tu comprends maintenant?

— Il est clair, monsieur William, que du
moment où la machine reçoit un mouvement
plus accéléré...... la manivelle qui fait partie de
ladite machine doit tourner plus vite, attendu...
que j'aille droit en enfer si je comprends un
mot à vos diables de comparaisons !

— J'ai pitié de ta pauvre intelligence, Aubry, et je descends à m'expliquer plus clairement : apprends donc qu'un simple prêtre ro-
main a été nommé cardinal pour avoir révélé
au pape le secret de récolter des ananas en
plein hiver ; que le favori d'Henri III a dû son
immense fortune à son adresse sur le bilbo-

quet ; que le cardinal Wolsei a été exilé pour
avoir usé deux mortelles années à faire entrer
Anne Boleyn dans le lit officiel d'Henri VIII ;
enfin qu'un simple secrétaire nommé Crom-
well, qui n'avait été revêtu des plus hautes
charges que pour avoir soumis à ce même roi
le plus beau minois de l'Angleterre, n'a eu la
tête tranchée que lorsqu'il a été assez fou pour
vouloir lui faire épouser en quatrièmes noces
une princesse aussi laide que la grimace qu'il
fit quinze jours après sur l'échafaud !

— Sainte Vierge ! que m'apprenez-vous là ?...
Voici que je n'y comprends plus rien du
tout !

— Je te demande pardon, infortuné fermier,
si je te lâche tant d'érudition d'un coup, mais
il m'arrive quelquefois des bouffées de science
du temps où j'avais l'honneur d'être chargé de
secouer la poussière des bouquins concurrem-
ment avec le bibliothécaire de l'université
d'Oxford..... ce qui me valut par la suite l'a-
mitié du bey de Tripoli, à qui je fis hommage
d'une rare édition de l'histoire des Maures, laquelle édition je retrouvai heureusement l'année suivante dans les greniers de Sa Hautesse,
circonstance qui me permit de la renvoyer à la

bibliothèque britannique, moyennant une légère rançon préalable!

— Mais, sauf le respect que je professe pour
votre vénérable personne, monsieur William,
tout ceci n'éclaircit point le but ténébreux pour
lequel nous étouffons dans cette cabine comme
des harengs frais nouvellement salés!

— Patience! et tu sauras tout! Voici l'heure
où le vieux comte a ses entrevues avec Marguerite, que ta pudibonde épouse ne quitte pas
plus que son ombre. J'ai eu l'honneur d'assister d'ici à toutes ces entrevues…,. D'abord la
jolie fille a pleuré…

— Elles pleurent toutes… On dirait qu'elles
savent qu'une pluie de larmes fait pousser l'a-
mour!

— Mais le rusé Chapstal a enduit sa langue
de miel.,.,. Il a lâché les grands mots : l'amour
filial, les cheveux blancs, la volonté du ciel,
et cent autres billevesées accompagnées d'une
délirante description des bals de la cour, des
oratorio, des courses de chevaux, des prêches
de la Semaine-Sainte, et des combats de coqs!
Que veux-tu, Aubry, une fille d'Ève est facile
à séduire, surtout lorsque la pomme est un
mari!

— Et que le serpent prend la forme d'un père!

— Lequel a fait mille efforts d'esprit pour reconnaître sa fille en Marguerite...

— A-t-il du moins réussi à découvrir ce grand secret?

— Comme tu y vas, Aubry! Qui sait si la mère elle-même le connaissait à fond, ce secret délicat? Voilà précisément pourquoi j'écoute religieusement aux portes avant d'agir, et sitôt que je parviendrai à découvrir le moindre petit penchant pour l'un des deux anges dont Chapstal veut se constituer le noble démon, je frappe deux coups sur le plancher, et je fais mon entrée en scène comme si Dieu m'avait fait tomber du ciel dans les coulisses pour lui révéler : que cet enfant est précisément son héritier légitime, et que c'est bien dans ses veines que coule le pur sang des Chapstal, qui a été si souvent sur le point de couler pour la patrie, et qu'il est important d'empêcher de couler à fond avec le dernier rejeton de la race, et notre dernière espérance!

— Peut-on sans témérité demander à connaître cette dernière espérance?

— Elle repose sur une base aussi simple que solide. Deux femmes se tiennent ordinairement

dans cette chambre ; depuis quatre jours on
assiège la place forte où est renfermé le grand
secret, un secret défendu par deux femmes !
Bientôt la discrétion est aux abois ; le bavar-
dage est envoyé en parlementaire, et la place
ouvre toutes ses portes à la fois !

— Voilà, certes, un beau plan ! Mais dites-
moi, majordome, lorsque vous étiez pirate,
vous est-il jamais arrivé de prendre à l'abordage
l'ombre du vaisseau que vous montiez?

— Te joues-tu de moi, fermier trop spirituel ?
Me prends-tu pour le chien de la fable ?

— Vous avez beau dire, monsieur William,
ni Marguerite ni madame Aubry ne vous diront
le secret que vous cherchez...

— Une vieille femme et une jeune fille ! Tiens
tes chausses, Aubry, car ta raison descend dans
tes jambes !

— Elles ne vous diront pas ce secret...

— Et pour quelle raison, mille frégates ?

— Par la raison... qu'elles ne le connaissent
ni l'une ni l'autre !

— Diable !... voilà qui est différent... Mais qui
sait donc quelque chose ici ?

— André.

— André seul ?

— C'est-à-dire pas précisément seul... Je sais bien quelque petite chose aussi ; mais en vérité c'est si peu, qu'il ne vaut pas la peine d'en parler.

— Au contraire, parle vite !

— Le solitaire m'a fait une confidence assez singulière ; car, je vous dis ceci entre nous, monsieur William, le père André m'a toujours témoigné de l'estime, et même une certaine confiance...

— Mais achèveras-tu, mille millions de gargousses !

— Et comme un jour je lui avais adressé une question assez indirecte sur la naissance de Georges et de Marguerite...

— Mais achève donc, chien damné !

— Où diable sont passés les pères et mères de vos enfants ? lui demandai-je.

— Tu étais bien dans la question !

— Aussi le père André me tire à part, et me regardant jusqu'au fond de l'âme : Monsieur Aubry, me répond-il, car vous saurez que ce respectable vieillard a toujours eu le bon goût de m'appeler monsieur...

— As-tu dans la gorge un diable qui tient par la queue toutes tes paroles ?

—Monsieur Aubry, me dit-il, la naissance de
ces enfants m'est inconnue, et malheur à celui
qui serait plus curieux que moi!..... Et le candide André, en disant ces paroles, m'a fait des
yeux de panthère! Croyez-moi, monsieur William, il ne fait pas bon de mettre la main dans
ce mystère-là!

— Tant mieux, mille barriques! Si personne
ne connaît leur origine, je vais donc posséder
le secret à moi tout seul...

— Mais est-ce là une raison solide pour
vous donner de si grands coups de poing sur
la tête ?

— Heureux Aubry, tu me vois en train de
composer un acte de naissance dont tu seras
le respectable, le vénérable, l'irrécusable témoin : je donne un père à l'orphelin, et un héritier à une antique race si bien réduite à la
dernière extrémité, qu'elle ne peut plus s'en
passer.... et mille pirates! si l'honneur s'en va,
les écus nous restent!

— Ils connaissent leur monde!

— O ma gourde fidèle, je pourrai donc encore te presser sur mon cœur!

— Mais le service est-il assez signalé pour...?

— Donner un héritier aux Chapstal!... C'est

reverdir le vieux tronc où logent les hiboux!

— Et si c'était une héritière?

— Entendons-nous, véridique témoin; si Chapstal veut un fils, je lui accorde Georges; et s'il veut une fille, je lui livre Marguerite! N'est-il pas un fortuné mortel et un père privilégié de choisir un enfant sans le savoir?

— Il y en a tant qui reçoivent sans choisir!

— Si après cela le Chapstal ne me rend pas ses bonnes grâces...

— Vous aurez la consolation de lui dire que c'est un ingrat!...

— En fait de consolations, un tonneau de malvoisie en renferme plus que n'en ont jamais vendu les confesseurs, les avocats, les pleureurs à gages et les cousins célibataires!... Mais chut!! voilà les femmes qui font leur entrée..... Mets ton oreille à la cloison, ne fût-ce que pour entendre comment une fille d'Ève fait tourner le moulin de la parole.

— Préparons nos sacs, majordome!

— Silence!... Les voilà!... la petite a les yeux moins rouges...

— Juste ciel! monsieur William, comme elle est pâle!

— Tu vois trouble, Aubry. La peinture des

plaisirs de l'ancienne cour l'aura séduite... déjà
elle envie Polignac et rêve la Dubarry... Ah!
voilà Chapstal!..: Écoutons...

— Eh bien! mon enfant, avons-nous eu une
nuit plus calme?

— Est-ce que c'est possible, monsieur le
comte?

— Appelez-moi votre père; oui, tout me
prouve que vous êtes ma fille... Je vois encore
les larmes que vous avez répandues la nuit de
mon naufrage... et je n'oublierai jamais que vous
seule êtes restée contre le lit du malade; Georges, au contraire, s'est enfui... Ce jeune homme
peut être distingué, et pourtant il y a quelque
chose dans sa voix, dans ses gestes, dans son
regard même que je ne saurais définir, et qui
semble révéler une origine plébéienne... Oui,
il y a du peuple dans ce Georges; tandis que
chez vous, Marguerite, il y a une noblesse
d'expression, des manières, un regard qui
prouvent qu'un noble sang coule dans vos veines..... Non!... Georges ne peut être mon fils!

— Si Georges n'a pas la noblesse du sang,
il a celle de l'âme, monsieur le comte!..... Si
vous saviez comme il sait aimer.... le père André...

— Et vous donc, Marguerite !

— Je vous ai déjà défendu, madame, de dire un mot qui concerne cette famille ; je ne vous ai laissée auprès de Marguerite qu'à cette condition. Devant moi, d'ailleurs, il est séant que vous gardiez le silence... De deux choses l'une : Marguerite est ma fille, ou Georges est mon fils..... Dans le premier cas, mademoiselle de Chapstal ne peut se mésallier..... un enfant trouvé..... Fi donc !..... et si Georges est mon fils.....

— N'achevez pas, monsieur le comte ; je sais comprendre ; vous-même avez prononcé ma condamnation... Je suis bien malheureuse !

— Ne pleurez pas... Calmez-vous, de grâce... Mille démons ! les pleurs m'attaquent les nerfs !... D'ailleurs ne sais-je pas que vous êtes ma fille ?..... Vous devez, ce me semble, avoir confiance en moi. Peut-on penser qu'un Chapstal qui est né, qui a vécu, et qui, Dieu merci, mourra à la cour, puisse se tromper dans ces sortes de choses ?... Regardez donc vos mains, Marguerite ; c'est là que se cache le mystère des races. Dans le peuple, il s'est rencontré souvent, très souvent même de fort jolies créatures : belles têtes, nobles démarches ; mais les

mains..... toujours les mains du peuple; les
mains du travail; les doigts courts, ronds et
colorés. Impossible de s'y tromper! Ou si quelquefois les mains étaient convenables, c'est
qu'il y avait eu mésalliance ou séduction, et
que le sang noble avait prévalu dans la descendance.

Marguerite, si l'un de nos beaux esprits de
l'ancienne cour était ici, il vous dirait que
vous tenez dans les mains vos plus beaux titres
de noblesse!...

— Aubry! dit une voix derrière la cloison,
tu n'es plus seul imbécile, voilà l'émigré qui
fait de l'esprit!

— Comme un marchand de chevaux pur
sang!

— Hélas! reprit une voix dans la salle, je ne
sais ce que je dois croire de vos discours; d'ailleurs, quel que soit le mystère de ma naissance, le bonheur n'est-il pas perdu pour moi?
Si je suis votre fille, je perds Georges et André,
et si je revois André, ô mon pauvre Georges,
c'est donc toi que je ne reverrai plus!

— Mademoiselle, si le destin voulait que
mes premières impressions m'eussent trompé,
si vous n'étiez pas ma fille, je saurais vous

consoler de ce chagrin ; ...... une dot convenable.....

— Arrêtez! car si vous êtes mon père... oh, monsieur, faites au moins que je vous estime!

— Vous avez raison, mademoiselle, l'or ne peut consoler de la perte d'une origine illustre... mais chassons ces mauvais rêves. Je saurai bientôt faire parler l'obstiné vieillard qui a si singulièrement négligé l'éducation de l'enfant qu'une main auguste lui a sans doute confié ; car les destinées les plus glorieuses attendent ce dernier rejeton d'un arbre aux racines royales ; la nouvelle dynastie brille de la double auréole du génie et de la gloire, les anciennes familles entourent le nouveau trône, et déjà l'on a remarqué l'absence des Chapstal.

Puisqu'il faut tout vous dire, mademoiselle, je vous apprendrai la cause des préparatifs immenses qui se font dans le château depuis quelques jours. Les ouvriers réparent, les fournisseurs arrivent, ma livrée s'organise ; enfin, j'attendais un hôte illustre! il est arrivé, et cet antique manoir a eu l'honneur d'abriter cette nuit un noble voyageur que je ne fais que précéder ici, et que je vais vous présenter tout-à-l'heure : c'est monsieur de Châteauneuf, offi-

cier de l'état-major de Sa Majesté. Accueillez,
je vous prie, ce jeune homme avec bonté; il
est de race, et monte de jour en jour dans la
faveur impériale. Il m'apporte, de la part de
son maître, l'acte de restitution de mes domaines de Bretagne non vendus par la République;
et puisqu'il faudrait tôt ou tard vous l'apprendre, certaines propositions de mariage dans le
cas où... j'aurais une fille.

— Tu l'auras! dit la voix du majordome,
derrière la cloison. Aubry, comprends-tu maintenant pourquoi le vieux loup désire tout-à-
coup une fille?

— Parfaitement, majordome! parce qu'il
est difficile de marier deux garçons ensemble!

— C'est cela. Ah! il te faut une fille, Chapstal?... je t'en arrange une!

— Le fait est, monsieur William, que l'officier de l'état-major serait tout aussi embarrassé
que l'officier de l'état civil, s'il fallait arranger
un tel mariage, par la raison bien simple
que.....

— Fasse le diable que toutes tes raisons se
donnent un jour rendez-vous dans ta gorge, et
t'étouffent une fois pour toutes, damné Aubry!... Chapstal est allé chercher le fiancé, et

tu m'as empêché d'entendre la réponse de Marguerite... Oh! elle cache sa figure dans son
mouchoir... des sanglots!... Petite rusée, tu
voudrais bien être comtesse et Marguerite tout
ensemble! Je gage qu'elle voudrait aller aux
bals, aux carrousels, et emmener avec elle André, Georges, la grosse mère Aubry, les deux
lévriers et toutes les chèvres de la vallée!... Et
puis, dans les beaux jours, on viendrait avec
plaisir passer un mois à la métairie pour con-
templer la sublime nature et boire du lait
chaud! Patience, mon ange! avant ce soir, je
démontrerai à Chapstal par A + B que tu es sa
légitime héritière; et si tu n'épouses pas le bel
officier, si je ne deviens pas le majordome d'un
château neuf, d'une cave bien vieille et d'une
meute complète, je veux à tout jamais renoncer à la religion de mes pères, et n'avoir pour
dernier asile qu'une barrique défoncée!

—Vous aurez la cave et le château, monsieur
William; quant aux chiens, vous courez risque
de les voir jeter hors du castel par un temps
où l'on ne mettrait pas un homme à la porte!..
Mademoiselle Marguerite a toujours montré
une singulière répugnance contre vos dogues...

— Et contre toi!... Mais chut!... voici Châ-

teauneuf!... fichtre! un colonel! mille sabords!
comme il la regarde! ça lui va, Aubry, ça lui
va même très bien! Il ouvre les yeux comme
les écoutilles d'un vaisseau de 90!

— Ce jeune homme me paraît, en effet, jeter un regard assez lubrique sur cette belle
créature.

—Sans compter qu'il revient de la guerre d'E-
gypte où, en fait de beau sexe, il n'a vu que des
cantinières, des odalisques en retraite et des
femelles de Bédouins!..... Voici qu'on l'admet
à baiser la main, le rusé coquin!... il les prend
toutes les deux... il paraît qu'il ne veut pas les
lâcher, et qu'il se plaît à considérer les titres
de noblesse!... La pauvre enfant rougit... un
dernier souvenir à Georges! y penseras-tu encore dans huit jours? L'amour, l'inconstance,
voilà la devise des simples mortels, depuis le
calfat du fond de cale jusqu'au mousse du
grand mât!..... Juste ciel..... Aubry, voilà ta
femme qui pleure!...

— Ceci nous annonce quelque malheur, William; j'ai bien souvent entendu notre ménagère crier, s'emporter, et même frapper sur la
table, mais voilà la première fois que je la vois
pleurer!... William, passez-moi votre gourde...

— Sensible Aubry, tu vas pleurer en dedans, hein?... Silence! on va se quitter...écoutons la fin.

— ..... Pour vous prouver, monsieur de Châteauneuf, mon empressement à obéir aux moindres volontés de votre maître, je vais à l'instant forcer cet André à me remettre les titres de naissance, et avant une heure j'espère vous engager ma parole d'honneur et recevoir la vôtre. Un grand avenir s'ouvre devant nous, monsieur le baron, et il faut en bénir Sa Majesté et le ciel...

— Retiens ton haleine, Aubry, ils vont passer devant nous, et surtout éteins tes yeux qui brillent comme des vers luisants dans les ténèbres !

— .... Oui, monsieur le comte, mademoiselle Marguerite me paraît chagrine et souffrante; mais vous m'assurez que ce n'est qu'un nuage, et le désir de m'allier à votre illustre famille me fait prendre ces contrariétés en patience. Je me résigne donc; d'ailleurs, le temps fait naître l'estime.......

— Et quelquefois autre chose, hein, Aubry ?

— ....Ne vous effarouchez pas de ces larmes, monsieur le baron; elles sont si naturelles à une jeune fille ! Vous le voyez : enfermée dans cette vallée solitaire, elle est naïve comme une paysanne et belle comme un lys. A l'œuvre donc, monsieur de Châteauneuf, c'est toute une éducation à faire!..... Peut-être trouverez-vous cette mission bien douce..... Hé! hé! hé! il y a tant d'héritières à la cour qui n'ont plus rien à apprendre, si ce n'est le nom du mari et le jour du mariage!...

— ...Je n'ai qu'un regret, monsieur le comte, c'est que les volontés de mon auguste maître m'ôtent le mérite de mes propres sentiments. Il y a de puissantes raisons d'État qui exigent le rapprochement des anciennes familles; mais ce que Sa Majesté me demandait il y a deux jours comme un acte de dévouement, j'irais maintenant, si elle changeait d'avis, le lui demander à deux genoux!... Ainsi, de grâce, hâtez votre retour, car d'ici là je ne vais pas vivre.

— Ne craignez rien, monsieur le baron, quelque chose me dit..... là..... que Marguerite est ma fille.....

— Voilà un père tendre, Aubry! quelque chose lui dit là que Marguerite est sa fille, et il touche sa tête!

— Et que voulez-vous donc qu'il touche?

— Toi, qui es père, tu ne comprends pas qu'il eût été plus décent de montrer son cœur....? Mais Chapstal est parti pour la métairie, et le beau Châteauneuf reste dans l'appartement... Laissons-le tenter l'assaut du cœur de Marguerite, et prions le ciel que ce brave soldat d'Égypte soit plus heureux que devant Saint-Jean-d'Acre!... Mais que vois-je, Aubry? ton épouse s'ébranle et se place entre deux!... Châteauneuf ne s'attendait pas à cette manœuvre!..... Voilà un ouvrage qu'il ne prendra pas de vive force... il faudra qu'il le tourne s'il veut prendre la place!.... Mais laissons là les préparatifs du siége, et allons attendre, en lieu plus sûr et plus agréable, le retour du damné Chapstal..... Si le vieil André garde son secret, je lâche le mien... Mais va donc plus vite, Aubry, puisque nous descendons à la cave!...

— Doucement!... Ne me poussez pas si fort, William; je crois que ce diable d'escalier est encore plus difficile à descendre qu'à monter.

— Allons! tout va à merveille! le but est marqué; la route est droite et facile... Aubry, prends donc garde de te casser le cou!

XIX

DEUX PÈRES.

« Ah ! de grâce, laissez-la-moi ; c'est une tige si fortement
» entrelacée avec moi, qu'elle ne peut que se flétrir si vous
» me l'arrachez. »

WERNER.

Depuis trois jours Georges était malade d'une fièvre inquiétante, et qui semblait augmenter d'heure en heure. Tous les soirs, il se faisait porter sur le balcon, et, couché dans le grand fauteuil du père André, il contemplait dans le lointain le vieux château qui renfermait sa Marguerite. André essayait de lui parler alors, mais Georges ne répondait le plus souvent que par

signes ou en baisant silencieusement la main
du vieillard, et quand la fièvre était moins
forte, il se mettait à pleurer des heures entières
devant le père désolé. Ensuite, épuisé par les
souffrances et la douleur, il fermait les yeux,
et trouvait pendant quelques heures le repos
et l'oubli.

Durant ces courts instants de sommeil, le
pauvre André restait immobile, la tête penchée
sur la figure du jeune malade : il écoutait son
souffle, comptait les pulsations de son cœur,
et oubliant quelquefois d'essuyer ses larmes,
elles tombaient sur les yeux de l'enfant, qui
s'éveillait en souriant malgré sa douleur.

— Un soir qu'après une crise plus violente
que de coutume, Georges venait enfin de s'endormir sur les genoux mêmes du père André,
le comte de Chapstal, sortant de son entrevue
avec Châteauneuf, entra brusquement dans la
salle.

Ses yeux brillaient d'un éclat sinistre et ses
lèvres étaient tremblantes. S'il restait quelque
noble sentiment chez l'ambitieux et aveugle
Chapstal, il était étouffé par deux puissances
qui ont fait de tout temps le malheur de l'humanité, l'oubli du bienfait et la mémoire de

l'injure; vices qui, dans leur hideux accouple-
ment, ont enfanté deux monstres : l'ingratitude
et la vengeance.

Le comte de Chapstal avait à peine ouvert la
porte, que déjà il avait pris la parole.

— Vous devinez, André, le motif qui m'a-
mène. Soyons brefs. L'un des deux enfants que
vous avez cachés dans cette vallée est le mien.
En soignant sa jeunesse, vous avez sans doute
acquis des droits à ma reconnaissance, et Dieu
veuille qu'on ne découvre pas un jour l'intérêt
secret qui vous a fait entrer dans l'administration de mes domaines et ravir le berceau de
mon enfant. Je le réclame, cet enfant. Où sont
les titres qui constatent sa naissance? Hâtez-
vous de me satisfaire. Je parle au nom d'un
droit sacré, monsieur!

— Cela est possible, mais vous parlez trop
haut, monsieur le comte. Avant tout, je vous
supplie de ne pas réveiller Georges, qu'ont
rendu malade l'émotion de votre retour et
l'absence de sa Marguerite, que vous allez enfin
lui rendre, n'est-ce pas?..... Au nom du ciel,
parlons plus bas! Vous voyez bien qu'il dort
du sommeil d'un ange sur les genoux de son
vieux père adoptif?

— Je parlerai plus bas, s'il le faut; mais qu'ai-je à dire de plus? C'est à vous d'éclairer d'un mot le mystère qui vous enveloppe, et de vous décharger du secret dont quelque grand personnage vous a rendu le dépositaire. Mais point de demi-révélations; il me faut des preuves; je veux des actes authentiques. Y a-t-il un signe constaté auquel on puisse reconnaître l'enfant?... Il faudra qu'on me prouve qu'il est bien l'héritier de mon nom!..... Grands dieux! je laisserais planer l'ombre d'un doute sur une naissance illustre? Hâtez-vous de me satisfaire, vous dis-je, car on attend mon retour avec angoisse, et... et je suis père!

— Et bien! comme je suis père avant tout, moi, je vous demande ce que vous comptez faire de cet enfant si je le remets en votre puissance.

— Il me demande cela?..... Si je daigne répondre à cette question, monsieur, c'est en considération des soins que vous avez donnés à ma... à mon enfant. Je l'emmène à Paris auprès du chef de l'empire qui rappelle ma famille... et qui peut-être rappellera aussi celle de nos rois légitimes, pour acquérir ainsi quelques titres durables à l'immortalité. Quoi qu'il en

soit, empereur ou roi, la France est habituée
à avoir un maître, et ma place est marquée dans
l'une ou l'autre cour... J'emmène donc ma fille...
je veux dire l'enfant, à Paris. Peut-être même
le marierai-je avant mon départ; après cela, six
mois de solitude suffiront pour ébaucher l'éducation qui lui a totalement manqué dans ces
montagnes; quelques maîtres de danse et de
musique feront le reste, et mon héritière ira
tenir à l'ombre du trône la place que mes ancêtres y ont tenue pendant quatre siècles.....
Que dis-je? pendant près de cinq siècles, monsieur !

— Vous parlez beaucoup de la gloire, monsieur le comte, vous ne dites pas un mot du
bonheur !

— Du bonheur? Est-ce dans cette vallée sauvage que vous leur prépariez du bonheur, au
milieu de l'isolement et de l'ignorance?

— Ces enfants ne sont pas ignorants, monsieur le comte.

— Et que savent-ils donc?

— Et quand ils ne sauraient qu'aimer, n'est-
ce pas là toute la science enseignée par le plus
grand des philosophes et le plus sublime des
martyrs : par Jésus-Christ?

— Pensez-vous qu'on ne puisse aimer ailleurs que dans les montagnes et dans les
bois?... Pensez-vous qu'on n'aime pas dans le
monde?

— Oui; l'égoïsme, le mensonge, l'esclavage,
l'or et le sang!

— Et ici qu'aimez-vous donc?

— Les pauvres, la nature et Dieu!

— C'est cela; pour vivre dans l'indolence et
l'oisiveté?

— Allez demander aux bûcherons qui gué-
rit leurs blessures, aux pauvres qui leur donne
du pain, aux affligés qui les console, et vous
verrez verser des larmes de reconnaissance, et
vous entendrez prononcer les noms de deux
enfants, parmi lesquels est le vôtre, monsieur
le comte!

— Permis à vous, monsieur, d'habiter cette
chaumière avec l'enfant qui vous reste, et de
jouir, en concurrence avec les bêtes fauves, de la
solitude éternelle de cette vallée qui fut autrefois pour moi une terre d'exil et une prison de
rochers; permis à vous de renoncer à ce monde
dans lequel l'obscurité de votre naissance ne
vous avait sans doute assigné qu'un rang se-
condaire; de calomnier et de fuir les palais dont
les portes vous seraient fermées!

— Peut-être !

— A chacun sa place, son destin et ses droits:
ma place n'est pas ici; mon destin, la tempête
elle-même l'a apporté sur ces rivages; et mes
droits, je vais vous les faire connaître! Vous
avez un enfant dont je suis le père : le père,
entendez-vous cela? Il faut me le rendre sur
l'heure. Espérez-vous me voler ma chair et mon
sang? Je veux mon enfant! Quand je vous dis
que je le veux, monsieur!!

— Et moi, je veux que vous baissiez la voix,
monsieur le comte! Je veux que vous respectiez
le sommeil de cet enfant malade. J'ai veillé
toute la nuit dans sa chambre. J'étais sans lumière, le pauvre Georges ne me voyait pas ; j'ai
entendu ses sanglots, et j'ai compté ses gémissements. Non, vingt années de plaisirs dans le
monde ne rachèteraient pas nos douleurs de
cette nuit! déjà vous l'avez séparé de la compagne de son enfance, de cette Marguerite qu'il
aime comme on n'a jamais aimé dans vos sa-
lons, ni dans vos âmes! Pourquoi le réveiller,
monsieur? pour qu'il apprenne que vous ne
lui rendez pas sa Marguerite?... Dors, mon
pauvre Georges; dors, mon orphelin bien-aimé,
car dans ton sommeil tu ne vois pas l'ombre

sinistre du vieillard qui n'a que quelques jours
à vivre, mais qui avant de descendre dans
la tombe veut dévorer ta belle et tendre jeunesse!... Dors, mon bien-aimé; qui sait si le
dernier songe du bonheur ne passe pas en ce
moment sur tes paupières? Hélas! hâte-toi de
goûter les dernières illusions de tes derniers
rêves! repose en paix ta tête si aimante et si
pure sur les genoux du vieil André, pendant
qu'il maudit le jour où il t'a conduit sur les
grèves de l'Océan pour sauver un malheureux
proscrit qui demandait alors la vie pour lui, et
qui demande aujourd'hui la mort pour toi!...
Si vous devez l'emporter dans la lutte qui s'engage, s'il est écrit que cet enfant doit succom-
ber, au moins, monsieur, laissez-le dormir en
paix quelques heures encore!... Revenez demain; allez, je ne l'emporterai pas... vous
nous retrouverez tous les deux... Si vous ne
voulez pas quitter cette maison avant d'en finir
avec moi... eh bien, par pitié! mettez-vous dans
ce fauteuil, je suis sûr que vous avez besoin de
repos vous-même... Attendez une heure seulement... je veux bien causer avec vous tranquillement et à voix basse. Vous voyez que je ne
puis me lever, puisqu'il dort sur mes genoux;

vous voyez qu'il a la fièvre, que son front brûle,
que son sommeil est agité; au nom du ciel! ne
le réveillez pas !!

— Vous pleurez, André?... Et pourquoi me
forcer à la violence? est-ce que j'exige des choses impossibles? pourquoi me dérober plus
long-temps l'héritier de mon nom?

— Parce que je veux sauver votre enfant d'un
ennemi impitoyable et aveugle : de son père!
vous voulez les séparer, et moi je vous dis qu'ils
mourront! Chapstal, par pitié pour mes cheveux blancs, ne me prenez pas ces enfants! ne
voyez-vous pas que ce sont deux fleurs qui
montent ensemble vers le ciel? leurs tiges s'en-
trelacent et se soutiennent; celle que vous arra-
cherez se flétrira dans vos mains, et l'autre
rampera sur le sol et mourra.

— Mais vous délirez, pauvre vieillard! comment unir deux êtres que le monde sépare?
si ce sont deux plantes, est-ce que l'une n'é-
touffera pas l'autre dans sa propre ombre? Comment votre pauvre fleur verrait-elle le soleil
sous les rameaux touffus d'un arbre qui doit
s'élever jusqu'aux cieux? Vous n'êtes pas raisonnable, en vérité; voulez-vous que d'un seul
coup je tranche la racine du jeune arbre au

pied du vieux tronc qui se meurt? que je renonce d'un mot à l'avenir et à la gloire? lorsqu'une grande voix appelle Chapstal, voulez-
vous que Chapstal reste sourd? Impossible,
monsieur, impossible! Je vois bien que vous
ignorez ce qui m'arrive... Apprenez donc que
le chef de l'empire a parlé... qu'il veut marier
ma... mon enfant et signer au contrat... Ses in-
structions sont précises... Hâtez-vous! les instants sont comptés, on m'attend à l'heure
même... Juste ciel! savez-vous qu'une minute
peut me faire manquer une alliance illustre? ne
voyez-vous pas, monsieur, que votre affreux
silence déchire le cœur d'un père?

— Dites la tête d'un ambitieux!

— Eh bien! craignez qu'elle s'égare, cette
tête! mon Dieu! Mon Dieu! ma patience s'en
va!..... vous voyez que je tremble!..... épar-
gnez-moi du moins la violence!... Voulez-vous
forcer un vieillard à combattre?... Voulez-
vous que ce bras vous apprenne...?

— Que le sang le plus noble réchauffe quelquefois les sentiments les plus vils, et que le
comte de Chapstal n'a qu'un pas à faire pour
tomber dans le crime... que dis-je? dans l'ingratitude! Ingrat, qui a tiré votre cadavre des

flots? quel est le vieillard qui a franchi les
montagnes en vous portant dans ses faibles
bras? qui a réchauffé vos membres glacés? qui
vous a couvert de ses propres vêtements? qui a
ranimé vos lèvres mourantes avec un vin généreux? qui a tendrement souri à votre réveil?
qui vous a rendu vos domaines en vous appelant de votre propre nom? Malheureux! qui
t'a appris que tu avais un enfant, et qui l'a
envoyé embrasser tes genoux?

— Si vous l'aviez envoyé seul!

— O père aveugle! ces deux enfants n'en font
qu'un, et je te les ai envoyés comme ils sont!

— C'est en vain que vous voulez m'écraser
sous le poids de vos bienfaits; il est un crime
qui les efface tous,..... vous me volez mon enfant!

— Oui, tu l'as dit; je te vole ton enfant...
mais ne nous voles-tu rien, toi?

— Eh quoi donc?

— Peu de chose : le bonheur!

— Plus de paroles! la fureur me monte... ma
vue se trouble... ayez pitié de moi, monsieur,
car déjà je ne vois plus que mon épée!

— Ton épée? et que fera-t-elle contre un
secret?... Quelle arme apportes-tu contre celle-

ci : le silence!!... Est-ce dans le sang d'un vieillard qu'un enfant va te naître?... ta puissance
et ta fureur se brisent... et contre quoi? contre
les droits d'un pauvre père nourricier! La nature elle-même t'abandonne; si elle est pour
toi, que ne te montre-t-elle ton enfant? Allons,
fais-nous entendre la voix du sang!... Si ta
puissance doit l'emporter, et si c'est l'âme d'un
père qui brille dans tes yeux........ regarde,
pousse un cri et dis : voilà mon enfant!!

— Hélas! je dirais plutôt celui que j'aime.

— Eh bien, moi, je les aime tous les deux;
aime-les comme je les aime, et ils sont à toi!...
au lieu d'un enfant tu en auras deux... Est-ce
trop de deux appuis pour soutenir tes pas
chancelants, ô pauvre vieillard... mais tu restes sourd... au lieu d'aimer, tu veux combattre... Pauvre aveugle, tire ton épée et at-
taque le vide!... Le silence! monsieur de Chapstal! le silence!!

— Mais qui es-tu donc, ombre mystérieuse?
ma vue se trouble quand je te regarde dans les
ténèbres, et ma raison s'épuise en vain à te
comprendre!... Voyons, ai-je froissé en toi
quelque fibre secrète de l'orgueil?... L'orgueil
d'un solitaire?... Non, non, ce n'est pas

encore cela! ai-je méconnu quelques droits?...
Ah!... m'y voici!... Peut-être n'ai-je pas été
au-devant des propositions qu'il te répugne de
faire le premier...... En vérité, après avoir
tout supposé, tout épuisé, je ne puis plus
comprendre autre chose... Tu souris?... j'ai
deviné juste!... Eh, que ne parlais-tu plus tôt,
André?... Il y a long-temps que cet enfant est
à ta charge, n'est-ce pas, et il est convenable
de régler à l'avance une indemnité telle...

—Arrête, misérable insensé! Chapstal, es-tu
malade? De l'or à qui t'a rendu tes domaines?
de l'or à qui t'a sauvé la vie hier? de l'or à qui
veut te sauver l'honneur aujourd'hui?.... de
l'or! Ah! je vous reconnais bien là, puissances
de la terre, qui payez avec de l'or l'amour, le
sang et la liberté! Misérable!!..... mais que
fais-je?... je m'égare à mon tour... Non, point
de colère... Quels cris, juste ciel! pauvre enfant,
c'est André lui-même qui a failli te réveiller...
Ah! je respire!... il dort encore!... plus bas, je
vous en conjure, parlons plus bas, monsieur
le comte!!!

— Et si je veux parler haut? Si c'est mon fils,
qu'il se réveille, car il va me suivre!..... Et si ce
n'est pas lui, que m'importe son sommeil?....

Où bien dis un mot!..... dis que Marguerite est
ma fille; donne-moi les titres, et je pars, et je
laisse dormir ton Georges jusqu'à demain!.....
Pour la dernière fois veux-tu me dire le nom de
mon enfant?

— Eh bien, oui! oui, tu le sauras... murmura
André avec un effort terrible..... C'en est fait;
puisque je l'ai dit, je tiendrai ma parole... mais
à une seule condition...

— Laquelle? laquelle?

En cet instant solennel, le père André joi-
gnant les mains et regardant le ciel, dit à voix
basse en regardant Georges qui dormait toujours sur ses genoux : O mon Dieu! si je livre
ces enfants, dis-moi que tu veilleras sur eux
dans ta bonté paternelle, et que le jour de cette
séparation sera celui de ma mort!...... Tu le
sais, ô mon Dieu, que je ne fais cet horrible
sacrifice que pour les sauver en les réunissant...
Moi seul... oui, seul, je veux mourir!

— Au nom du ciel, bon André, dites-moi
votre condition, et si elle est raisonnable, je
vous jure que ma reconnaissance....

— Silence, monsieur le comte! — dit le
vieillard d'une voix grave, — ne parlez de la
reconnaissance que comme d'un hôte que vous

n'avez jamais reçu dans votre maison... et d'ailleurs je ne fais rien..... oh! rien pour vous!....
Voici mes conditions : ayez du moins la patience de les entendre...

Je marierai ces deux enfants, car je suis
prêtre, monsieur; après cela je les embrasse-
rai une seule fois..... O ciel! si Georges m'entendait!... Approchez-vous, monsieur, que je
parle plus bas encore... mais il dort toujours :
un ange veille sur son sommeil... Oh! c'est maintenant, pauvre Georges, qu'il faut dormir....
car à cette heure André devient ton ennemi
et te prépare bien des larmes.. Tu m'aimes tant
et je t'abandonne! mais si je te conserve ta
Marguerite, tu me pardonneras, n'est-ce pas?...
Je disais donc, monsieur, que je les embrasse-
rai une dernière fois, et que..... je m'en irai.
On leur dira... voici ce qu'il faudra leur dire :
« Votre André était bien vieux.... sa vue devenait faible, et l'ombre de la nuit commençait à
descendre..... il est tombé dans le lac, il est
monté dans le ciel! »... Ces enfants pleureront,
monsieur, mais me croyant mort, ils consenti-
ront peut-être à vous suivre, et s'ils sont malheureux, du moins ils seront malheureux ensemble!... Silence, monsieur, du silence!... il

vient de faire un mouvement..... et j'ai cru
sentir une larme mouiller mes genoux..... O
bonheur... il se rendort!... c'est qu'il pleurait
en rêvant..... enfin, j'ai tout dit, et il n'a rien
entendu!

— Et moi, je vous ai écouté jusqu'au bout!
marier Georges et Marguerite! L'héritier d'un
Chapstal et un enfant trouvé!

— Monsieur le comte, à l'heure qu'il est vous
ne les connaissez pas encore?... Dites-moi où est
l'enfant trouvé?... et puis, votre enfant, quel
est-il donc? Monsieur le comte, oubliez-vous
que je l'ai trouvé, votre enfant?..... Oh! si tu
avais une âme, Chapstal, je ne te dirais qu'un
mot : avant de les connaître, regarde-les bien;
dis-moi celui des deux qui est indigne de l'autre!...

— Et moi, je répondrais : Celui des deux
qui n'est pas Chapstal est indigne de l'autre!

— Vous refusez donc mes propositions?

— Les marier? jamais, monsieur, jamais!

— Vous dire le nom de votre enfant? jamais,
monsieur le comte, jamais!

— Et si j'employais la force?

— Vous me l'avez déjà dit tout-à-l'heure...

— Oui, mais mon épée sort du fourreau,

maintenant!..... Nous sommes seuls, vieillard,
il faut te défendre!... Eh quoi! tu ris?

— Que veux-tu donc que je fasse, insensé?

— Te défendre!... te défendre!!

— Je ne me défendrai pas..... mais, prends
garde..... si Georges se réveillait il voudrait me
défendre, lui... imprudent! si c'était ton fils?

— Mon fils? lui?... serait-il possible?

— Voilà, monsieur le comte, ce que tu ne
sauras jamais!!

— Eh bien! obstiné vieillard, je ne tremperai pas mes mains dans ton sang.... et pour ne
pas être un assassin, je me déclare vaincu par
le silence!... Mais as-tu donc oublié que j'ai ta
Marguerite?..... Ah! tu baisses les yeux à ton
tour.... Non, je ne te la rendrai pas!... je l'adopte, elle sera mon héritière, elle donnera
mon nom à son mari..... et je revivrai dans les
enfants de cet ange qui, de lui-même, s'est envolé vers moi!

— Faites, monsieur de Chapstal; les lois
vous protègent... et s'il y en a quelqu'une qui
dérange vos projets, on vous en fera une autre...
n'avez-vous pas de l'or? Je n'irai pas implorer
l'assistance de votre maître; celui qui répudie
une femme protégera-t-il l'enfant et le vieil-

lard? Qui donc sur cette terre comprendra mon
silence, si ce n'est moi?..... Écoutez-moi donc
pour la dernière fois :

Un jour j'ai recueilli deux créatures de Dieu :
l'une descendait d'un noble comte, l'autre d'un
pauvre ouvrier; je les ai enlevées au monde, et je
leur ai caché leur naissance, de peur de les voir
retourner dans ce monde où l'on ne donne pas
des noms aux enfants du même Dieu seulement
pour les distinguer entre eux, mais où l'on donne
des noms aux noms eux-mêmes pour en faire
d'autres enfants qui n'ont plus Dieu pour père,
pour en faire d'autres hommes qui n'ont plus
la France pour patrie! Vous savez cela, vous,
monsieur le comte, qui avez été chassé par les
hommes qui n'avaient qu'un nom, et qui avez
mendié votre pain à la royauté anglaise et à la
république américaine! Je voulais donc unir
ces deux orphelins... car votre enfant est un orphelin, monsieur le comte!... Je savais que vous
étiez le père de l'un des deux... car je sais bien
des choses, et dix fois ma bouche s'est ouverte
pour vous les dire; mais il est écrit que, semblable à la mort, je ne dois parler qu'à votre
dernière heure!... Mais pourquoi trembler?...
cette heure ne sonne pas encore, monsieur le

comte!... Je vous attendais donc sur le rivage où
la tempête vous a jeté; mais je vous attendais
adouci et calmé par le malheur... Vous m'êtes
revenu en effet, mais violent, pervers, ambitieux,
et si semblable à ce que vous étiez à l'heure de
votre départ, qu'il semble que votre voyage
n'ait duré qu'un jour! Le malheur, ce maître
sublime, n'a eu en vous qu'un déplorable élève.
Je vous ai rendu vos domaines, qui ne couraient
que l'heureuse chance de sortir de vos mains,
mais je ne vous rendrai pas votre enfant : on
rend un enfant à un père, on ne rend pas un
esclave à un maître! Vous êtes le plus fort; vous
avez la puissance, les lois, l'épée, la volonté
du monarque, et moi je n'ai que ma tête, qui
est la tombe de mon secret. Ouvrez-la, et le
secret s'envole! Calmez-vous, monsieur, voilà
le dernier mot :

Il y a dans cette vallée deux enfants trouvés :
l'enfant du comte et celui du peuple. L'un
s'appelle Georges, et l'autre Marguerite : maintenant, monsieur le comte, choisissez!!!

— Eh bien! puisqu'il le faut, et pour que
ma dernière heure ne me reproche pas un
choix malheureux... que le sort en décide!.....

Mais non! Dieu m'inspire, et le sang a parlé :
je choisis M.......

— Arrêtez! dit froidement Georges en levant
la tête. J'ai tout entendu.... Je croyais d'abord
que c'était un mauvais rêve, et qu'il y avait ici
un démon... mais j'ai bientôt reconnu mon erreur... c'était un père! Au moment où vous
allez faire un choix, Georges se réveille, et il
n'a aussi qu'un mot à dire... Choisissez, monsieur le comte, mais, au nom du ciel, ne me
choisissez pas!!!

— Je devrais te choisir, pour te faire repentir de ton audace, mais tes paroles mêmes sont
un trait de lumière! Si tu étais mon fils, Dieu
t'aurait-il permis d'outrager mes cheveux
blancs? Un Chapstal rester dans la compagnie
d'un prêtre obscur! Tout me le disait bien, que
Marguerite était ma fille... Et ce nom même de
Marguerite ne révèle-t-il pas tout le mystère?
Vieillard, tu n'as pas tout prévu; puisque tu
voulais me voler cet ange, il fallait au moins
laisser dans le berceau le nom de sa mère!

— Henri de Chapstal! n'y a-t-il donc qu'une
Marguerite?

— Juste ciel! il sait mon nom à présent?.....
Deux Marguerite!..... Ah! tu es mon mauvais

génie! tu veux porter le trouble dans mon
âme; mais tu cherches en vain à donner une
voix à ma conscience. Si tu m'as vaincu par le
silence, je te vaincrai par la fuite..... Adieu!.....
Je garde la fille, et demain elle s'appellera Marguerite de Chapstal!.....

— Demain, vieillard insensé, la mort frap-
pera à ta porte, et tu chercheras un prêtre!...
Son ombre t'attend comme déjà elle t'a attendu; mais cette fois, au lieu de fuir en Angleterre, tu iras rendre compte à Dieu!

Il était trop tard; déjà Chapstal avait disparu, réussissant à n'entendre que le murmure
des dernières paroles d'André.

Alors Georges se jeta dans les bras du père
qui lui restait, et pleurant sur sa poitrine, il
dit d'une voix étouffée : — J'en mourrai, mon
père, mais au moins ce sera dans tes bras!

Le vieillard prit dans ses mains la tête du
pauvre enfant, et, la baisant avec délire, il se
mit à pleurer dans ses cheveux.

Mais bientôt il se redressa en disant d'une
voix inspirée :

— Georges, je lis dans l'avenir!

— C'est cela, dis-moi l'avenir, mon père,

répondit Georges en cherchant des mains le fauteuil où il lui tardait de se coucher.....

— Georges, Marguerite reviendra!

— Mon père, dit le pauvre enfant en se laissant tomber dans le fauteuil, prie Dieu qu'elle revienne bientôt!!!...

XX

UN TÉMOIN OCULAIRE.

« Feu le diacre, mon digne père, avait coutume de dire
» que l'argent perdait plus d'âmes que le fer ne tuait de
» corps. »

WALTER SCOTT.

Bientôt le comte de Chapstal rentra dans le sombre manoir de ses ancêtres, sinon avec la rapidité, du moins avec le trouble du soldat qui, après avoir fait une sortie dans laquelle il a été honteusement repoussé, accourt se mettre à l'abri des remparts pour méditer de nouvelles ruses de guerre. Il était encore tout ému de la terrible lutte qu'il venait de soutenir

contre ce vieillard dont le regard fixe et la voix
singulière lui avaient causé une terreur indéfinissable. Et maintenant qu'il se trouvait loin
de lui, il ne pouvait comprendre comment il
était revenu sans les titres de naissance; comment il n'avait point, l'épée sur la gorge, arra-
ché ce grand secret à un espion surpris sans
défense; il ne savait comment se présenter devant M. de Châteauneuf, ni surtout que lui
raconter de raisonnable sur la naissance de
Marguerite. Pouvait-il lui dire : Je vous donne
Marguerite, parce que je la crois ma fille et
parce que je désire qu'elle le soit. Pouvait-il
ajouter : Je suis allé, l'épée à la main, à la con-
quête d'un secret dont dépendait notre avenir,
et je suis revenu sans rien apprendre, vaincu
par une voix et une ombre?

Oh! que n'eût-il sacrifié pour sortir de cette
cruelle incertitude! pour posséder, toucher de
ses mains et lire de ses yeux, les preuves de la
légitimité de Marguerite, il eût dans son délire
donné Marguerite elle-même!

En passant dans la grande cour, Chapstal
repoussa durement les chiens qui rampaient à
ses pieds, et déjà il montait les premières mar-
ches du grand escalier, tremblant d'y rencon-

trer l'impatient Châteauneuf, lorsqu'une voix murmura sourdement au bas de la rampe :

— Arrêtez, monsieur le comte! vous allez trop vite, et ce que vous cherchez est derrière vous!

— Qui sait ici ce que je cherche?

— Moi! Vous cherchez à tromper M. de Châteauneuf.

— Qui es-tu, pour oser parler ainsi au maître dans son propre château?

— Votre bon ou mauvais génie.

— Je ne te vois pas... Où te caches-tu donc?

— Dans l'ombre de l'escalier, d'où je vous vois très bien, monsieur le comte.

— Par le diable! es-tu une ombre?..... Je ne puis te découvrir.

— Je le crois bien; vous me prenez pour la statue de votre bisaïeul l'amiral, qui se tient ordinairement debout contre la première marche de l'escalier!

— Tu mens, dit Chapstal en tirant son épée, car je vois d'ici la statue.....

— Non; la statue a croulé la nuit dernière, et c'est moi qui tiens sa place... Je suis l'amiral en personne!

— Miséricorde! je reconnais la statue, et on dirait qu'elle parle.....

— Voulez-vous qu'elle lève un bras pour vous prouver qu'elle est vivante?..... Tenez, le voilà!

— Juste ciel!

— Ne vous effrayez pas, monsieur le comte, et reconnaissez enfin ma voix.....

— Est-ce une illusion?..... Non; c'est bien la voix de.....

— C'est cela même!.....

— Laquelle? laquelle?

— Eh! celle de votre fidèle William!.....

— Misérable! changes-tu de voix comme le serpent change de peau?

— Oui, car en ce moment la Providence parle par ma bouche!

— D'où sors-tu? je te croyais parti pour rejoindre tes anciens camarades les écumeurs. Qu'oses-tu venir faire ici?

— Peu de chose : vous sauver la vie et l'honneur; mais je ne dis pas un mot de plus si vous ne descendez l'escalier pour m'accorder une audience dans la salle voisine.

— Est-ce encore pour te jouer de moi?

— N'avez-vous pas votre épée?

— Sors au moins de ton ombre, que je voie si tu n'as pas d'armes.

— Ai-je l'air d'un meurtrier, monsieur de Chapstal?

— Non, mais d'un pirate!

— Un pirate peut être honnête homme à terre..... Et si vous n'avez pas de confiance en votre ancien et fidèle majordome, appelez vos gens, et qu'on m'entoure; en échange de cette injure, je vous donne le bonheur, et je vous abandonne pour jamais!

— Mais que pourrais-tu m'apprendre?

— Vous quittez André; il vous a fait peur; vous rentrez au château tremblant et confus; vous cherchez une histoire pour Château-neuf, à qui vous ne voulez pas avouer qu'un vieux solitaire vous a fait fuir plein d'épouvante : voilà le présent; jugez de l'avenir!

— William, tu es le diable!

— Erreur; je ne puis être deux choses à la fois : je suis William!

— Alors tu étais à la métairie, et tu as tout entendu?

— Je ne suis pas sorti du château depuis que vous y êtes rentré.....

— Où te cachais-tu donc?

— Pendant le jour, je dormais avec les chiens.....

— Et la nuit?

— Je descendais dans un lieu plus frais et plus agréable, où j'allais attendre que votre première fureur eût fait place au sang-froid nécessaire pour m'entendre. Maintenant songez que vous allez répondre à la fortune elle-même au moment où elle frappe à votre porte. Consentez-vous à l'écouter et à lui répondre?

— Oui; mais marche en avant, et tiens-toi à distance!.....

— Je devrais marcher en avant pour ne plus revenir..... Je devrais vous abandonner à Châteauneuf et à vous-même!..... Hélas! dans une minute, ô maître ingrat, vous apprécierez enfin votre William, et si un noble comte pouvait s'abaisser au point de reconnaître une faute, vous diriez: « J'ai calomnié mon serviteur fidèle; William, pardonne-moi! »

— Eh bien! je me confie à toi. Tu ne peux avoir d'intérêt à me perdre. La côte est libre, et tu pouvais partir, car on dit que tes trésors sont à Londres. Tu le vois, William, je remets mon épée dans le fourreau; mais parle vite; ton regard sinistre m'annonce une mauvaise nouvelle..... Laisse la porte ouverte, pour que la lumière de l'escalier nous éclaire. Comme ta

figure est sombre, grands dieux! Qu'est-il arrivé?... Une seconde révolution?... On chasse
les émigrés?.... Non! je ne retournerai plus en
Angleterre, et je m'ensevelirai sous les ruines
de ce château!

— Rien de tout cela, monsieur le comte,
reprit l'audacieux majordome en s'asseyant
insolemment dans un fauteuil. — Mais prenez
donc un siége, monsieur de Chapstal. — On ne
chasse pas les émigrés. L'ancien régime est revenu et tient bon. Il n'y a en France de changé
que l'honneur national et le nom du monarque; le palais des Tuileries est toujours la
splendide demeure de l'impérial ouvrier qui a
su unir l'ancienne et nouvelle noblesse, l'ancienne et nouvelle église, les anciennes et nouvelles consciences, au moyen d'une soudure
adroitement faite avec la fusion d'un métal vul-
gairement appelé : l'or!

— Mais arrive donc au fait, William! as-tu
pris les leçons du fermier dont on n'obtiendra
jamais qu'il commence ses discours par la fin?

— Il est vrai que lorsqu'on fait à Aubry
l'honneur de lui adresser une question, on
peut aller voir à ses affaires et revenir à temps
pour attendre la fin de la réponse! Cependant,

ne disons pas de mal d'un homme qui tout-à-
l'heure sera utile à votre seigneurie.

— As-tu juré de me faire mourir debout? Si
tu t'es joué de moi, je t'engage ma foi de
Chapstal, qu'après avoir fait jeûner la meute
pendant trois jours, j'ordonne qu'on te jette
au chenil pour te faire dévorer par ta propre famille!

— Faire dévorer William par ses propres
chiens! Faites-le donc sur l'heure, et qu'ils dé-
vorent en même temps un secret qu'ils ne viendront pas vous raconter ensuite! Faire dévorer
le seul être qui...

— Misérable!... tu vas me payer tant de témérité....

— Le seul être qui, avec André, connaisse
le nom de l'enfant du comte de Chapstal!... Mais
que me disiez-vous donc, monsieur, lorsque
vous m'avez fait l'honneur de m'interrompre?
Je n'ai pas bien entendu....

— Rien! rien, William!.. Quoi! tu connaîtrais
ce nom? cela est-il possible, William?... Tu serais assez heureux pour avoir les preuves, mon
bon William?... Oh! parle vite, fidèle majordome, et surtout dis-moi que je ne me suis pas
trompé en choisissant...

— Arrêtez, monsieur le comte! ne me dites

pas le nom de l'enfant que votre cœur a choisi !
Je ne voudrais pas le savoir à l'avance, quand
la Chambre des lords mettrait sur ma tête la
couronne d'Angleterre, où l'on dit qu'il y a
des diamants d'une valeur inestimable ! Comment pourrait-on reconnaître la loyauté de mon
témoignage ? Justes dieux! laisser planer un
doute sur la sincérité de mes révélations! J'aimerais mieux me taire; un mot de plus, et je
garde le silence !

— Non, tu parleras, serviteur fidèle, que
tout-à-l'heure je méconnaissais encore; tu ti-
reras ton malheureux maître de l'anxiété la
plus cruelle; parle vite, mon pauvre William,
et fasse le ciel qu'on puisse payer tes paroles!

— Hélas! peut-être vais-je détruire la douce
illusion de vos rêves; peut-être vais-je dire un
nom que vos lèvres ne murmurent pas dans le
silence des nuits! Peut-être vais-je attirer sur
ma tête une haine implacable!... Mais tous ces
dangers ne feront pas reculer un marin qui a
entrevu les pôles, et quel que soit le sort qui
m'attend, j'aurai au moins le calme d'une
conscience qui me dira : William, tu as fait ton
devoir!

— Oui, tu feras ton devoir, en parlant sur
l'heure!

— Je parlerai; mais considérez dans quelle situation critique je me place volontairement par amour pour mon maître. Il m'était si facile de garder le silence! Voilà pourtant les serviteurs qu'on veut jeter aux chiens affamés! et quels chiens encore? ceux qu'on a nourris de ses propres mains! Grands dieux! un parricide !

— William, te faudrait-il de l'argent d'avance?

— Fi donc!!..... j'aspire à une plus noble récompense, et si j'osais... je demanderais...

— Quoi donc ?

— Votre main, monsieur le comte!

— Eh bien! la voilà! Allons, William, mon vieux camarade, n'oublie pas que depuis vingt ans tu as quitté les mers pour t'attacher à ma fortune : je te connais si bon et si dévoué, que je vois bien que tout cela n'est qu'une ruse pour aiguiser mon impatience... Tu sais si bien comme il faut me prendre! Tu arrives, tu frappes d'abord mes esprits, et quand tu me vois à ta discrétion, tu me verses la joie dans l'âme!. ... L'heure est venue de me faire connaître l'enfant de Marguerite...

— De quelle Marguerite?

— Ciel! les mêmes paroles que celles d'André!..... Est-ce qu'un démon me poursuit partout?... Ne sais-tu pas, William, que je ne puis parler que de Marguerite de Saint-Jean?

— Eh bien! c'est...

— Une minute encore! C'est moi qui t'arrête maintenant, car il faut que je recueille mes esprits, et je sens que je ne suis pas bien préparé à entendre ce nom!... Si c'était?... pourrai-je jamais oublier son injure? « Au nom du ciel, ne me choisissez pas! ».... Mais ce ne peut être lui; on reconnaît dans ces paroles l'insolence populaire.

Dieu permettra-t-il qu'après seize années d'exil et de misère je retrouve à l'heure de la mort un enfant qui maudit son père!....... Eh bien! s'il faut recevoir ce dernier coup, je baisse la tête..... mais par pitié, frappe vite, William!..... Une minute de plus et tu me fais mourir!

— Votre agitation m'épouvante... et William serait le bourreau qui donne le coup mortel?... Si votre cœur a si puissamment parlé, un serviteur fidèle ne doit-il pas se taire?

— Non! non!... je suis calme..... je n'ai fait aucun choix. Ne fais pas attention si je tremble... c'est l'âge, William, c'est l'âge!

— Vous m'ordonnez de parler?

— ... Oh! je t'en conjure!

— Apprenez donc que l'héritière...

— O Providence!... Tu as dit l'héritière.....
ce ne peut être que Marguerite..... qu'est-ce
que cela te fait de me dire son nom tout de
suite?...

— Ai-je dit l'héritière?

— Va-t-il le nier à présent? William, tu as-
sassines ton propre maître!...

— Eh bien! vous l'emportez, monsieur le
comte, et William se dévoue : votre enfant :
c'est..... oui, c'est Marguerite!! Maintenant,
faites de moi ce que vous voudrez!

— Dans mes bras! dans mes bras!! mon
sauveur, mon ami, mon William, où es-tu?...
Il n'y a plus ni seigneur, ni comte, ni maître
ici! je te dis que je veux te presser dans mes
bras!

— Au nom du ciel, modérez-vous, monsieur
de Chapstal! votre émotion vous est funeste,
et vos doigts m'entrent dans la chair!...

— William, voici une minute qui me paie
seize années de souffrances! Châteauneuf, tu
peux m'attendre, j'arrive avec le secret!... Mais
que dis-je?... majordome, as-tu des preuves?

— Si j'ai des preuves? et de solides encore!
Le grand Turc ne prouverait pas sa légitimité
si bien que je peux prouver celle de l'héritière
de la couronne des Chapstal.

— C'est bon, cela! de bonnes preuves! j'ai
toujours eu un grand respect pour les parchemins authentiques; nous vivons dans des temps
si extraordinaires! Ce vieux fou de la métairie
ne viendrait-il pas attaquer le mariage? où sont
ces parchemins, William? tu les apportes sans
doute avec toi? donne-les vite!

— Des papiers? des parchemins? allons
donc! oubliez-vous, monsieur le comte, qu'il
y en a tant de fabriques en France qu'ils n'ont
pas plus de valeur qu'un assignat de dix livres? Un acte de naissance se façonne aujour-
d'hui plus facilement que jadis une lettre de ca-
chet. Des parchemins? j'ai mieux que cela!

— Mais quoi donc? un signe peut-être? je
me le rappelle à présent, la comtesse avait une
lentille à l'épaule gauche....... Est-ce que sa
fille...?

— Des signes? je m'y fierais encore moins.
Les mouches et les lentilles refont fureur à la
cour... et puis votre majordome se serait-il jamais permis de vérifier sur mademoiselle de

Chapstal..... Ah! monsieur le comte!..... j'ai mieux que tout cela!

— Mais alors, qu'as-tu donc, malheureux?

— Une preuve telle, que l'incendie peut impunément détruire toutes les archives de France ; que les notaires, les curés, les maires et les greffiers, tout le monde enfin peut mourir, excepté moi!

— Mais quelle preuve, au nom du ciel?

— J'ai... vu... naître... l'enfant?

— Ah diable!

— Comment trouvez-vous ma preuve, monsieur le comte?

— ..... J'aimerais mieux des titres.

— On pourrait vous les voler!

— Ne pourrais-tu pas mourir?

— Vous prendrez soin de mon existence!

— Diable! diable!

— Et pour qu'elle soit longue, il faut me la rendre agréable!

— Du moins es-tu prêt à écrire, à signer, à jurer ce que tu as vu?

— Je suis prêt à tout!

— Mais comment peut-il se faire que tu aies assisté à cette naissance? Le jour de mon départ pour les couches de la comtesse, ne t'ai-je pas laissé la garde du château?

— Monsieur de Chapstal, oubliez-vous que vous avez passé une nuit à Mauléon auprès d'une comtesse allemande qui disait que pour vous rejoindre elle venait d'abandonner le roi de Prusse en personne !

— C'est juste.

— Que vous vous êtes arrêté plusieurs heures dans la cathédrale de P*** pour consulter un apôtre de Dïeu?

— Un envoyé du diable !

— Eh bien, moi, pendant ce temps, j'accours à franc étrier....

— Alors, arrive bien vite !...

— D'autant plus vite que le manifeste de Brunswick, les clameurs des émigrés et les hurlements de mes dogues avaient jeté dans mes œuvres vives une furieuse inquiétude qui me poussait à pleines voiles. Enfin, j'aperçois Paris la nuit même qui précéda l'horrible révolution du 10 août, où périrent tant de nobles victimes, et une chose et dont je me rappellerai long-temps, c'est qu'il fit cette nuit-là un clair de lune magnifique.

— Quelle tête et quel cœur! mais arriveras-tu donc enfin?

— J'arrive dans cette belle capitale au moment même où le peuple donne l'assaut aux
Tuileries... j'y cours...

— Avec le peuple?

— Un William?... Ah! monsieur le comte!

— Alors, qu'allais-tu faire aux Tuileries?

— Sauver du pillage les objets d'antiquité
précieux pour l'histoire... que dis-je?... enlever
madame de Chapstal qui logeait au château. Je
m'élance à travers la flamme et le fer; je me
précipite dans les appartements ; un homme
noir, ayant l'air d'un médecin peu rassuré, appelle Fabry à grands cris, et court de tous les
côtés de la chambre, ne sachant où mettre
l'enfant qu'il tient dans les mains, lorsqu'un
autre homme encore plus noir et couvert d'un
long manteau s'empare du nouveau-né et s'en-
fuit si vite , qu'au moment où il passe devant
moi, c'est à peine si d'un vigoureux coup d'œil
j'ai le temps de...

— Achève!

— De reconnaître le sexe!... cependant j'a-
voue que je vis, à n'en pouvoir douter, que
c'était la fille de monsieur le comte de Chapstal.....

— Et la mère?

— Morte !

— Et le docteur ?

— Mort !

— Et Fabry?

— Mort !

— Tes détails sont exacts.

— Votre compte y est-il ?

— Oui, c'est bien cela.

— Par Jupiter! je crois que tout le monde
est mort ce jour-là, excepté moi !... mais il ne
s'en fallut pas d'une ligne, car tout-à-coup une
décharge générale brisa la chambre, et il paraît que je m'évanouis comme une simple
femme, car j'ouvris les yeux juste au moment
où l'on allait me jeter dans un grand trou en
compagnie d'une centaine de Suisses tout
nus... Mille tyrans! m'écriai-je avec l'énergie
que comportait la circonstance; allez-vous en-
terrer avec les satellites du despote un héros
de la Bastille et des Tuileries? O miracle politique! en un tour de main je me vois habillé,
embrassé, couronné, décoré, chanté, dessiné,
sculpté, immortalisé, et ivre à ne pas tenir sur
mes jambes, à force d'avoir bu avec la République qui boit aussi bien qu'une autre!

— Et quand le mystérieux André est venu

enchérir sur mes domaines et s'installer dans l'humble métairie, sans doute parce que le grand personnage qui se cache encore dans ce drame lui a défendu d'habiter le château, as-tu du moins reconnu l'homme au manteau, qui a osé enlever mademoiselle de Chapstal?

— Il est de ma franchise d'avouer que je ne l'ai pas reconnu d'abord; je ne vous dirai jamais ce qui n'est pas..... Mais ensuite, quelques demi-confidences de madame Aubry, et, un soir que, passant sur le bord des Frênelles, je me glissai dans l'ombre des frênes, tandis qu'André racontait son histoire, quelques mots apportés par le vent éveillèrent mon attention et me mirent sur la voie... J'examinai avec plus de soin ce vieillard extraordinaire, et je crus alors saisir en lui quelque ressemblance avec l'homme au manteau, et si les chagrins, une longue maladie et le temps n'avaient singulièrement altéré sa physionomie, je ne craindrais pas de dire que la ressemblance est des plus frappantes!..... Seulement, pour rendre hommage à la vérité, je dois avouer que l'homme au manteau n'avait que des cheveux gris...

— Depuis seize ans n'ont-ils pu blanchir?

— Votre remarque est profonde, monsieur

ιe comte ; elle lève mes derniers doutes , et je jurerais maintenant à la face du ciel que l'homme au manteau et le solitaire de la vallée n'ont jamais formé qu'un seul et même être!

— Mais comment expliquer la conduite de cet homme inexplicable?

— Et le sais-je moi-même? L'or n'y est pour rien, puisqu'il vous rend vos domaines ; qu'avait-il besoin d'enlever Marguerite à travers la flamme , puisqu'il avait son Georges? Est-ce que par hasard il manquerait dans ce siècle des héritières aux héritiers, des femmes aux millionnaires?... Car l'on prétend qu'il couche sur les écus de six livres, le vieux corsaire!.... Serait-ce un espion?..... Cette espèce-là aurait-elle le courage de rester seize ans au milieu des renards et des loups, et cela sans boire...? Et, tenez , cette dernière circonstance me paraît vraiment inexplicable..... on n'a jamais vu qu'une ou deux barriques descendre dans sa cave depuis 92! En vérité, cet homme est invulnérable , car, du moment où il ne boit pas, je ne sais de quel côté le prendre, et j'estime que ce n'est plus un homme!..... En conséquence , je vous l'offre comme un affilié à Lucifer, dont on verra tôt ou tard passer les griffes !

— Par saint Georges! je les couperai net d'un bon coup de ma vieille épée!

— Si elles ne sont pas trop dures..... Dieu veuille qu'il n'en repousse pas d'autres!

— Une dernière question, William; ce secret... Mais parlons plus bas... Ne l'as-tu donc jamais confié à personne?...

— C'est-à-dire..... entendons-nous..... Votre Seigneurie aurait-elle désiré que je le confiasse à quelqu'un?

— Sans doute... puisque cela aurait fait un témoin de plus.

— Que Votre Seigneurie soit donc satisfaite, j'ai religieusement déposé ce secret dans le sein de la magistrature.

— Est-il possible?..... Te rappelleras-tu au moins le nom du magistrat intègre qui l'a recueilli?

— Comme si c'était d'aujourd'hui. Ce magistrat s'appelle Aubry.

— Aubry!!!

— M. Aubry, adjoint au maire sous Louis XVI, destitué par Robespierre, réinstallé par Barras, révoqué par le Directoire, rappelé par le Consulat, et que l'empereur Napoléon vient de nommer tout récemment maire de Montperdu!

— Mais ne parles-tu pas du fermier Aubry?

— Et de qui donc? N'est-ce pas là un vénérable magistrat et un suave témoin?

— Diable! diable!

— Votre Seigneurie est bien difficile! Aimerait-elle mieux pour témoin le préfet de police lui-même?

— Mais, penses-y donc! un Aubry!

— Peut-être préféreriez-vous un Montmorency?

— C'est égal, cela fait toujours deux témoins; il ne manque plus.....

— Qu'un prêtre.

— Es-tu Satan en personne? Dès qu'une pensée passe dans ma tête, elle arrive sur tes lèvres; dès que je rumine une idée, elle me parle!... Oui, tu l'as dit, il me faut un prêtre... un prêtre sur l'heure! les volontés de l'empereur sont aussi capricieuses que celles de sa fortune; Châteauneuf monte d'heure en heure; il faut s'attacher à lui avant qu'il ne soit trop haut... le moindre soupçon peut faire évanouir cette alliance avec tous mes rêves; il faut que, descendu dans la tombe, je puisse dire à mes ancêtres que j'ai su continuer leur race, ou bien ils chasseraient honteusement mon om-

bre!..., Mais il n'y a pas un instant à perdre....
car je ne suis plus jeune; ma propre figure m'ef-
fraie quelquefois, et l'impatience me ronge!...
Oui, William, il me faut un prêtre!...

— J'en tiens un.

— Où est-il?

— Il n'est pas dans cette chambre; dans une
heure il y sera!

— Quel est ce vénérable pasteur?

— Aubry fils. Je n'ai qu'à faire un signe, et
il sort de terre!...

— Toujours les Aubry!

— C'est que les Aubry sont toujours là!

— Qu'importe, après tout? n'est-il pas assez
prêtre pour faire un mariage?

— Et même plus!

— Donne le signal, William, et qu'aujour-
d'hui même tout soit consommé.....

— Mais.....

— Je comprends. Que demandes-tu? Combien te faut-il?

— Monsieur le comte.....

— Je te dois beaucoup, William, et si je
n'écoutais que mon cœur, je te dirais ce mot
célèbre : Si ce n'est qu'impossible, ça se fera!...
Cependant la révolution m'a appauvri, et il ne
faut pas abuser de ma position.

— Voilà du Richelieu et du **Louis XI** mêlés
ensemble !

— Qu'est-ce à dire ?

— Que l'un donnait beaucoup , que l'autre
ne donnait rien, et qu'en conséquence je n'aurai pas grand'chose !...

— Mais que veux-tu donc ?

— Trois ou quatre clauses : d'abord ma
vieille chambre dans le château, jusqu'à ce que
le vent de la mort me fasse lever l'ancre.

— Accordé.

— Une pension honnête.

— Mais tu es plus riche que moi !

— Raison de plus, demain je puis être ruiné !

— Va pour la pension.

— La clef de la cave.

— Elle est vide.

— On la remplira !

— Diable !

— Que craignez-vous ? mille barriques ! je ne
boirai pas plus haut que ma tête !..... Et puis
ne faudra-t-il pas que j'aie des idées pour vous,
monsieur le comte ? J'ai mes petites habitudes,
et je ressemble aux rives du Nil ; quand le fleuve
ne déborde pas , rien ne pousse !

— J'abandonne la cave !

— La direction viagère de la basse-cour?

— Je te donne Malvina.

— Elle va mourir; inutile de renouveler mes douleurs!

— J'accorde ses descendants.

— Je me contente de ça, si vous ajoutez Sultan et ses mamelucks!

— Prends donc toute la meute! mais tu l'enfermes pendant le jour?

— A merveille! à vous la lumière, à moi les ténèbres! Excepté pourtant la nuit du Vendrédi-Saint où mes chiens ne sortiront pas du castel...

— Pourquoi cela?

— Je tiens à ce qu'ils restent catholiques! Par Bacchus! j'oubliais une chose importante: la faculté de réunir, dans un banquet annuel, tous les fonctionnaires de Montperdu et des alentours, avec lesquels je prétends célébrer l'anniversaire de la vente..... que dis-je? de votre retour, et cela dans la salle des chevaliers!

— Es-tu fou, William?

— Votre grâce oublie qu'il faut fêter magistrats et témoins; la justice, les eaux et forêts et l'église!

— J'accorde la salle des chevaliers; mais que tout s'y passe avec le respet dû à ces nobles ombres, et qu'on porte le premier toast au premier de mes ancêtres!...

— Depuis le premier jusqu'au dernier! nous ferons tête à tous ces gaillards-là! Allons, tout est convenu... je ne demande pas d'écrit, monsieur le comte, entre gentilshommes la parole suffit.

— Prends-tu aussi des titres de noblesse?

— D'aussi bons que beaucoup d'autres : je les ferai moi-même!

— Tu vas vivre dans l'indolence?

— Si mes soins peuvent être utiles à votre grâce, qu'elle frappe à ma porte. Pour ce qui concerne les sciences chimiques je suis toujours là, et quant à l'administration de la justice, s'il vous faut un chancelier ou un maître des œuvres, appelez l'ancien pirate : il tranche dans le vif!

— Inutile! hélas! les seigneurs ne pendent plus.

— Depuis qu'on pend les seigneurs! Franchement, tous les Français peuvent-ils se pendre en même temps? Mais ceci vous trouble, n'en parlons plus.

— Ma tête est quelquefois si faible...

— Nous la traiterons comme le cœur : on l'endurcira. Mais n'oublions pas vos affaires. Tandis que vous arrangerez le mariage en dedans, je cours le préparer au-dehors. Un dernier avis, si vous voulez qu'il s'accomplisse.

— Parle.

— Fermez les portes, baissez le pont, et lâchez mes chiens !

— Crains-tu l'apparition de quelque esprit ?

— Votre grâce a raison. Si le père André est le diable, il passera par le trou de la serrure pour ne pas se donner la peine d'enjamber les remparts. Tout est dit : vous avez l'épouse et le fiancé, je cours chercher l'état civil et le clergé...

— Tu oublies le notaire ?

— J'en tiens un par le manche !

— Qui donc ?

— Aubry fils...

— Encore un Aubry ?

— Le père, le fils et le Saint-Esprit, tous les trois plus noirs que le diable !

— Et les témoins ?

— Vous n'accepteriez pas un quatrième Aubry ?

— Assez! assez!

— Décidément vous rejetez les Aubry?

— Qu'on ne m'en parle plus!

— J'aurai donc l'honneur de signer moi-même au contrat..... Ne vous chagrinez pas, monsieur le comte, ça ne fait encore qu'un William!

— Mais il faut un second témoin.

— Si j'amenais le père André?

— Si tu l'amènes, je te fais baron de l'empire!

— Ou pacha à trois queues; ça ne coûte pas davantage. Mais pensez à Châteauneuf, et ne me retenez plus. La brise monte, je chasse sur mes ancres, j'ai vent arrière, je mets à la voile, et avant l'aurore je débarque tous vos hommes sans compter les marchandises.

— Que vas-tu faire encore?

— Ne faut-il pas diamants, voiles, corbeilles et couronnes? Voulez-vous marier une Chapstal comme la fille d'un juif?... Adieu, monseigneur, bientôt je vous ramène prêtre, notaire, magistrats, témoins, public, et si Châteauneuf s'évanouit, un autre fiancé à sa place!

Et le majordome s'élança avec la rapidité d'un vieux loup affamé à qui la vue d'une ga-

zelle rend toute sa vigueur, et déjà il était au
milieu de la grande galerie, lorsque Chapstal
courant sur ses traces, et l'appelant à grands
cris, le rejoignit enfin, et lui dit avec un regard
indéfinissable...

— Monsieur William! oseriez-vous jurer devant Dieu que Marguerite est ma fille?

Le majordome soutenant, sans baisser les
yeux, les éclairs de ce regard satanique, répondit solennellement :

— Je le jure! elle est votre fille comme je suis
le fils de mon père!

Et il disparut une seconde fois. Mais dès
qu'il eut passé le pont-levis il s'arrêta court,
et se retournant vers le château, il dit avec un
rire infernal :

— Si c'est ta fille, vieil ambitieux ?..... J'en
aurais plutôt fait faire une!!

XXI

UN REMÈDE CONTRE L'AMOUR.

Je ne crois pas que Dieu, dans l'autre monde, puisse trouver rien de mieux que l'amour; seulement il ôtera bien des choses mauvaises: comme la séparation.

A. F. D. D.

La grande, la sublime, la suave, la terrible, la mortelle passion, c'est l'amour.

Aimer, c'est souffrir, c'est prier, c'est pleurer, c'est rêver, c'est languir, c'est vivre, c'est mourir.

Dans l'histoire de notre sphère, les plus généreuses, les plus pures, les plus douloureuses victimes sont celles de l'amour.

Celui qui aime est malade; malade silencieux et qui fuit les autres; qui n'a qu'un médecin et qu'un bourreau : l'amour! qu'un sanc-
tuaire et qu'une tombe : l'amour!

Un malade qui s'égare dans les solitudes et
dans les ténèbres; son mal, il l'emporte, il le
tient dans son cœur, il l'aime, il en meurt! il
va où personne n'a été; il passe où personne
ne passera, il parle où nulle voix humaine ne
s'est fait entendre.

Tenez, regardez-le! il est assis sur le bord du
ruisseau; ses pieds pendent sur la surface de
l'eau. Pourquoi, à côté de cet arbre au front
verdoyant, s'est-il appuyé contre un saule dont
le vent fait tomber sur lui les feuilles mourantes? Sa tête se penche sur le miroir tremblant
des eaux qui glissent en murmurant sur les
cailloux. Que regarde-t-il? Les poissons argen-
tés luttant à forces égales contre le courant, et
restant à la même place sans avancer ni reculer? Non. Regarde-t-il sa pâle figure qui lui
sourit amèrement à travers l'onde transparente?
Rien de tout cela : il rêve à l'image d'une
femme qui est dans son cœur, et que lui seul
peut voir dans l'eau!

Il tourne la tête. Qu'écoute-t-il? Le cri aigu

de l'oiseau-pêcheur, dont le vol horizontal rase
la pointe des herbes marines? ou le frémissement plaintif des roseaux qui se prosternent
tous à la fois au passage de la brise?..... Non; il
écoute une voix lointaine et mystérieuse; retenez votre haleine; l'entendez - vous? Non?
Eh bien! il l'entend, lui! Il lève les yeux; que
regarde-t-il dans le ciel? Est-ce Jupiter ou Saturne? Pas du tout... C'est peut-être ce nuage,
rideau aérien aux draperies d'argent qu'une
main invisible fait glisser sur la lune? Eh! non!
il cherche un passage qui conduise tout de
suite où l'on va quand on aime, et il donne à
sa bien-aimée un rendez-vous dans le ciel!.....
Mais silence!..... voici qu'il parle seul..... On
voit remuer ses lèvres..... Écoutons!..... « Ah!
mon Dieu!..... » Eh quoi! est-ce déjà tout?.....
Il soupire, et vous ne comprenez plus.

C'est qu'il parle en dedans, que chacune de
ses paroles est une douleur, et que chaque
douleur est une agonie. Car l'amour, c'est l'hy-
perbole éternelle d'une langue inconnue!

Il se lève!..... Suivons-le..... Oh! que sa marche est lente et que son pas est faible! Ses jambes fléchissent comme celles du pauvre qui le
soir cherche encore son premier morceau de

pain. Il prend par l'allée des jeunes frênes qui
bordent la prairie ; il s'appuie aux arbres , et
chaque fois que sa main en quitte un , elle se
lève à l'avance pour saisir l'autre plus vite,
semblable à l'aveugle qui se promène les bras
tendus. Mais déjà il est fatigué..... Il se couche,
et sa tête se cache dans les hautes herbes.....
Silence encore !..... il pleure ! Les fleurs balan-
cées par le vent du soir viennent se jouer dans.
ses cheveux ; les insectes verts et dorés, émeraudes vivantes, voltigent autour de cette jeune
tête , en mêlant leur bourdonnement d'amour
au doux frémissement de leurs ailes ; les parfums de toutes les plantes de la prairie se réu-
nissent , se mêlent, s'échauffent et s'exhalent
dans un doux rayon de soleil, au milieu de l'air
qu'il respire..... Et pourtant il pleure !..... Oh !
n'approchez pas !..... Tandis que les oiseaux
chantent ; laissez pleurer ce pauvre enfant, car
les gémissements sont le chant de l'âme, et chaque larme prolonge d'une heure sa frêle existence. Hélas ! sa dernière larme en tombant
marquera la place de sa tombe !

De même qu'en voyant un homme qui se
meurt sur la grande route, le passant court
bien vite à la ville chercher un médecin ; de

même je vois d'ici le philanthrope courir à sa bibliothèque chercher un formulaire qui guérisse notre malade.

Fouillez vos mille rayons ; secouez la poussière de tous ces in-folio qui dorment depuis des siècles, bourrés d'une science indigeste et somnifère.

Faites parler les uns après les autres tous ces docteurs aux bonnets carrés qui se taisent depuis le jour où l'admiration contemporaine les a enveloppés dans le linceul de l'immortalité!

Eh bien! quel remède leur génie humanitaire a-t-il élaboré dans les profondeurs des laboratoires, contre cette maladie de l'âme, à laquelle tant de mortels qui ne l'ont jamais connue, même en rêve, s'imaginent avoir survécu!

Car ils sont bien rares ceux-là qui comprennent l'amour jusqu'à lui sacrifier les joies de ce monde! si rares, que jamais sans doute deux êtres qui le comprennent ne se rencontrent pour s'aimer ensemble; et, semblables à deux astres qui ne pourraient se heurter sans se détruire, peut-être ces deux âmes se briseraient-elles si elles se rencontraient un jour!

Eh bien! vos docteurs restent-ils muets? Al-

lons, réveillez-vous, savants illustres, vous qui
avez usé l'huile de vos lampes et la flamme de
la vie à la recherche de tant de secrets, qu'a-
vez-vous trouvé pour sauver de la mort ce
pauvre jeune homme, dont le crime est unique comme son cœur, dont toute la confession peut se réduire à ceci : « J'aime, ô mon
père!...... »

.......Eh quoi! vous gardez tous le silence?...
vous avez enfoui votre silencieuse existence sous
les arceaux des voûtes sombres, pour résou-
dre des problèmes impossibles ou dangereux :
la quadrature du cercle ou le grand œuvre.
Alchimistes, philosophes et mathématiciens,
du fond de vos officines souterraines et enfu-
mées, vous remontez à la lumière, tenant à la
main vos funestes découvertes : le glaive et le
poignard, la morphine et la poudre, la torture
et le gibet, le despotisme et l'inquisition, la
monarchie et le privilége; la force contre la
faiblesse, la ruse contre la loyauté, la gloire
contre la vertu, la volonté contre le droit, l'in-
tempérance contre le jeûne, la richesse contre
la misère, et contre la souffrance, la mort!
Vous remontez à la lumière après de longues
et sourdes méditations, et vous ne nous ap-

portez rien pour sauver ce pauvre malade,
qui est coupable d'avoir aimé d'un amour ré-
prouvé par les préjugés de vos nobles sociétés,
ou écrasé par les articles meurtriers de vos
noires législations.

    — Eh bien! puisque vos préjugés étouffent,
que votre Église damne et que vos lois tuent,
évoquez donc avec moi ces docteurs qui par
vocation, par science et par devoir, doivent
guérir les maladies et les blessures, qu'elles
soient oui ou non reconnues par les lois, ou
sanctifiées par l'Église : ce condamné qu'on
exécutera demain se blesse-t-il aujourd'hui?
un docteur viendra panser sa blessure, guérir
sa jambe ou son bras, pour qu'il se porte
mieux sans doute le jour où on lui coupera la
tête!... car l'infâme G..... (que le ciel me pré-
serve d'écrire une seconde fois son nom!) est
comme un tigre blasé qui aime à dévorer une
proie vivante!

    Appelez donc le médecin! je vous le montre
du doigt, ce jeune homme qui a laissé entrer
dans son cœur et pendant son sommeil peut-
être, une goutte de plus qu'il ne fallait de cet
amour limpide et pur prêché par Jésus, et
cela, parce qu'aucune voix ne lui a crié à temps:

c'est assez d'amour comme cela; le tarif est
là!... vite, fermez votre cœur!

Mais que d'énormes livres de médecine vous
retirez tout-à-coup de la poussière inféconde
qui les couvrait! quelles annales funèbres vous
étendez devant mes yeux effrayés! quelle no-
menclature de souffrances! quel arsenal de
remèdes et d'instruments de guerre médicale!

Grand Dieu! je viens de compter autant de
maladies qu'il y a d'êtres vivants dans une cité!
de façon que pour n'avoir qu'une seule maladie à la fois, tous les habitants seraient malades, sans en excepter les juges, les bourreaux (1), les ménétriers, les fossoyeurs et les
médecins eux-mêmes!

En vérité, c'est à désirer d'être mort pour
être bien sûr de ne jamais être malade! Sauvons-nous, pour ne pas voir toutes ces méchantes maladies qui vous montrent les dents comme
les bêtes malfaisantes d'une ménagerie immense.

Chut!... il est trop tard; nous sommes cer-
nés!... voici les docteurs!!

Salut aux docteurs Thomas Burnet, et Pue-

(1) Un bourreau malade! ô touchante infortune! il meurt
et personne ne le pleure; pourtant tous ses ennemis sont
morts avant lui!

rarius! Juste ciel, quel honneur! un médecin
du roi de la Grande-Bretagne, et un professeur
de philosophie de l'Académie de Genève!!

Soyez les bien-venus, messieurs, et recevez
nos actions de grâces, puisque vous arrivez ensemble; car précisément notre malade souffre
de corps et d'âme. Vous tenez un livre à la
main? nous vous écoutons, afin que vous puis-
siez lire vous-mêmes l'œuvre de vos génies ac-
couplés.

« Le Trésor de la médecine contenant l'histoire et le remède de toutes les maladies : phthi-
sie, pleurésie, esquinancie, paralysie, frénésie,
et cæteri morbi. »

Laissons les docteurs faire l'appel des gracieux enfants composant leur petite famille, et
saisissons au passage celui qu'il nous faut...

Enfin! voici venir la seule maladie morale
que les docteurs définissent, traitent et ne gué-
rissent pas : c'est la *Mélancholie.* Écoutons la
définition :

« Ceux qui ont cette maladie sont tristes et
» solitaires, craintifs et obstinés. Quelques uns
» se forgent des idées qui ne sont ny ne peu-
» vent estre; ils se mettent en teste de fausses
» imaginations : ils craignent et s'inquiètent

» sans cause; ils sont taciturnes, chagrins, soup-
» çonneux, estant longtemps sans manger; ils
» font de fréquents soupirs; leur respiration est
» lente de loing en loing. Le pouls est de
» mesme, et ils parlent à baston rompu. »

Cette définition, un peu moins poétique peut-
être, a pourtant quelque ressemblance avec
celle que nous avons donnée plus haut. Elle
convient à notre malade. Ajoutez-y le silence
et les larmes, la solitude et la mort, et ce sera
bien l'histoire de cette agonie de l'âme pour
laquelle nous cherchons un médecin sur cette
terre. Puisque nous l'avons trouvé, ce double
médecin, écoutons son remède :

« Prenez demi-once de sommités d'épithy-
» mum, de la pierre d'azur préparée, de l'aga-
» ric en trochisques, deux dragmes de chacun;
» deux dragmes (peut-être deux scrupules) de
» scammonée; vingt girofles; mêlez le tout pour
» faire une poudre pour cinq doses... »

Voilà le remède!

Silence! laissez continuer les docteurs!...

« Le malade que nous avons conjointe-
» ment traité (1) les prit en cinq jours... beut

(1) Mais que faisait donc là le philosophe de l'académie
de Genève?

» ensuite les eaux de Spa ; son mal s'augmenta
» et il devint maniaque ! »

Les docteurs veulent absolument nous faire
connaître leur remède pour les maniaques,
mais nous nous bouchons les oreilles de
peur d'apprendre que le *Mélancholique* devenu
maniaque après avoir pris le nouveau remède
ne devienne : *mort !* Enfin, saisis d'épouvante,
nous parvenons à fuir ce vieil arsenal de la
médecine, et nous nous hâtons d'arriver auprès
du bon André, dont les pas se dirigent dans
la prairie vers un groupe d'arbres à l'ombre
desquels Georges est couché sur un lit de foin.

Car c'est Georges qui est notre jeune malade. Voyons si le prudent vieillard apportera
à cet enfant si profond, qui se meurt d'amour
pour la légère Marguerite, un autre remède
que celui des docteurs Burnet et Puerarius !!

XXII

DÉLIRE.

Sois heureux, plus heureux que moi.

Le petit portefeuille vert. (NOUVELLE.)

De vagues rumeurs de mariage avaient passé
à travers les épaisses murailles du château de
Chapstal, et s'étaient répandues dans les airs
autour de la métairie solitaire, comme la fu-
mée des officines souterraines filtre à travers
les fentes des voûtes, et vient révéler au passant les sataniques conjurations de l'alchi-
miste.

Le père André s'était efforcé de cacher à son jeune malade ses croissantes inquiétudes, et profitant d'un court moment de sommeil après une longue nuit de douleur, il s'était avancé vers le sombre château par des sentiers détournés, de peur d'être aperçu de Georges couché, selon son usage, sur le balcon d'où il pouvait toujours voir la prison de Marguerite.

Ce fut en vain que le père André essaya de pénétrer dans le château; il ne voyait personne et n'entendait aucun bruit : mais à son approche le pont se leva comme par enchantement, et le vieillard crut reconnaître l'ombre du majordome qui se glissait derrière la grande herse. Prières, cris, menaces, tout fut inutile, et le manoir féodal resta sombre et froid comme le cœur de son noble maître.

Cependant le père adoptif ne perdit pas courage : malgré la faiblesse de son âge, il parvint à franchir le sauvage défilé et alla frapper à la porte du fermier Aubry. Là on prit sans doute le mystérieux solitaire pour son ombre, car l'humble maison du fermier resta close comme le noble manoir, et les aboiements d'un chien furieux qui passait son museau sous la porte répondaient seuls à ses appels. Enfin une voix se hasarda à crier de l'intérieur : « C'est bien malhonnête de prendre ainsi le nom d'un saint vieillard qui reste tranquille dans sa maison! Prenez garde que monsieur le maire ne revienne tout-à-l'heure, du château où il a été appelé cette nuit : il pourrait bien vous faire arrêter! Si vous êtes un chrétien, rentrez chez vous bien vite, ou je lâche les chiens! »

Cette sortie apprit tout à la fois à André la nomination du maire de Montperdu et son absence. Il continua sa route, et dans son généreux aveuglement il alla trouver quelques habitants auxquels il avait fait plus de bien qu'aux autres, pour leur demander main-forte contre ce qu'il appelait le rapt de sa fille Marguerite; mais les uns s'enfuirent à l'avance par les jardins, les autres partirent sur-le-champ pour un voyage impromptu; ceux-ci furent malades, ceux-là furent convalescents, et les plus hardis, qui osèrent parler, parlèrent pour dire qu'ils avaient peur!

— Attaquer notre seigneur et maître le comte de Chapstal ? J'aimerais mieux attaquer le ciel du haut des rochers de Montperdu!

— Me révolter contre un émigré? C'est dé-

clarer la guerre à l'empereur!... Me croyez-vous
plus fort que le roi de Prusse ?

— C'est purement et simplement le siége du
château que vous me proposez là ! Je ne vous y
accompagnerais pas pour la couronne d'Italie,
eussiez-vous de l'artillerie !

— Que sainte Madelaine me protège! Je ne
mettrais pas le pied dans la vallée quand il
s'agirait de sauver la vie à ma femme!... Et les
chiens, père André?... Et les chiens donc?

Il faisait déjà grand jour, et le soleil commençait à darder ses rayons brûlants lorsque
le pauvre André sortit du village épuisé de fatigue et bien découragé.

Arrivé dans le défilé, il se reposa sur une
pierre, à l'ombre d'un érable sauvage qui, poussant ses racines dans la fente d'un rocher, crois-
sait la tête en bas, comme si un coup de vent
l'eût renversé. Son ombre épaisse et la fraîcheur d'un petit ruisseau qui coulait çà et là
dans le lit de l'ancien torrent, rendirent un
peu de calme à ses sens. Abandonné de tous,
dans un moment aussi critique, il rassembla
tout à la fois les inspirations du désespoir et
celles de la prudence, et tint conseil en lui-
même. Oui, la prudence et le désespoir furent

tour à tour ses impuissants conseillers, car malgré que le père André fût d'une nature privi-
légiée, il n'était encore qu'un homme.

L'auteur sait trop bien qu'il n'est pas l'historien d'un Dieu; l'histoire de Dieu, c'est le
monde! L'histoire de l'homme, hélas! c'est
l'homme!

Courir à Saint-Jean-de-Luz ou à Mauléon?
se disait le faible André : demander à des magistrats dévoués aux puissances du jour une
protection douteuse? Mais Marguerite sera sa-
crifiée avant mon retour, et Georges abandonné
dans la première grande douleur de la vie, et
au milieu de la fièvre, mourra peut-être dans
un accès de désespoir.....

Si le pont-levis se baissait? si je pouvais voir
Chapstal?... si je le tuais?... Un meurtre!... un
fratricide!! O mon Dieu, pardonne-moi!

Et le malheureux André regardait tantôt
avec rage, tantôt avec une douloureuse résignation, le château féodal qui levait dans le
fond de la vallée son front menaçant. Oh! qu'il
se reprochait amèrement d'avoir laissé entrer
sa blanche colombe dans cette sombre tanière! Mais s'il n'eût pas fait cela, eût-il évité
d'autres malheurs? Sans doute madame Aubry

ne pouvait rien révéler, car elle ne savait rien,
si ce n'est peut-être la concordance du jour
de la naissance de Marguerite avec celui du
10 août; mais elle n'avait même jamais pensé
à faire ce calcul, du reste au-dessus de son intelligence politique et de sa légèreté naturelle;
et heureusement le fermier et le majordome
s'étaient assez tenus à l'écart pendant les premières années de leurs orgies et de leurs rapi-
nes, pour avoir oublié la différence d'âge entre
les deux orphelins. Georges, connu par sa tenue méditative et la précocité de son génie,
avait même toujours paru plus âgé que sa sœur
d'adoption.

Ces heureuses combinaisons du hasard cou-
vraient donc le fond du secret d'un voile im-
pénétrable; cependant tout le monde avait
compris que les orphelins cachés dans cette
montagne appartenaient au mystère de quelque naissance illustre.

Et puis, comment André aurait-il expliqué
l'acquisition d'un château qu'il n'avait jamais
habité lui-même, et que, dans un mouvement
d'imprudente tendresse, il avait subitement
rendu à son ancien maître, sur un contrat où le
nom de l'acquéreur était resté en blanc? Il avait

donc bien fait d'envoyer ces enfants, qui n'en faisaient qu'un, embrasser leur père, afin d'éviter
que, le lendemain peut-être, on employât la violence pour les enlever tous les deux. Au moins
Georges était-il resté au vieillard malheureux!
Toutes les espérances de l'avenir d'André avaient
reposé sur une base fragile qui, en s'écroulant,
s'était couverte de ruines. Il avait tout échafaudé
sur le retour d'un frère corrigé par le malheur,
ce puissant maître qui corrige tout, excepté
l'orgueil; et du moment que cette prévision
généreuse et fondamentale s'était évanouie,
tout devait s'ébranler, car tout s'enchaînait
dans cet édifice si lentement élevé par le meil-
leur des pères et le plus imprudent des archi-
tectes.

Oui, là était l'unique faute; mais une de ces
fautes dont les conséquences peuvent être terribles : c'est ainsi que quelquefois les plus
grands crimes sont moins punis que la faute
la plus légère : la simple désobéissance d'un
enfant qui court sur un lac à peine glacé, n'est-
elle pas souvent punie de mort?

La faute du père André était si légère, que
beaucoup d'âmes généreuses pourraient s'honorer de l'avoir commise!

Le comte de Chapstal n'était-il pour lui
qu'un étranger qu'on accueille dans sa maison
pendant quelques nuits, et à qui l'on présente
son bâton de voyage aux premiers jours dè soleil? Dès qu'il reconnut sur le rivage ce père
ambitieux et aveugle, fallait-il le rejeter du
pied dans les vagues? fallait-il être plus barbare que les flots, et rendre à l'Océan ce que
l'Océan rendait à la terre? Non sans doute;
mais dès qu'à la flamme pénétrante du foyer il
revint à la vie, dès qu'il prononça la première
parole, il fallait fuir en emportant bien loin
Georges et Marguerite; il fallait enlever au
frère ingrat le tendre frère, au père ambitieux
l'enfant de la vallée, et laisser au seigneur châ-
teaux, domaines et parchemins!

Mais pour faire tout cela, il fallait consulter
la tête avant le cœur; car c'est avec le cœur
qu'on remue profondément toutes les douleurs
de ce monde; c'est avec le cœur qu'on com-
prend, qu'on aime, qu'on souffre et qu'on
meurt en silence, dans les ruines d'une existence qui paraît vivre encore! mais aussi c'est
avec le cœur qu'on est homme, et malheur à
celui qui pèse à l'avance les conséquences d'un
beau sentiment ou d'une belle action!

Cent fois André eut envie de faire entrer dans le château ces seuls mots : « Malheureux ! Georges est ton fils, et je suis ton frère !!! » Certainement cela eût sauvé Marguerite ; mais ce qui sauvait Marguerite ne perdait-il pas Georges ? c'était face à face qu'il fallait faire cette terrible révélation à Chapstal, pour essayer du moins le succès de la terreur ; mais quand le moment se présenta, quand le comte vint de lui-même à la métairie, quel puissant obstacle avait donc retenu André ? une mère seule pourra le comprendre : ce fut la peur de réveiller son enfant malade !.....

Que d'angoisses passèrent à la fois dans l'âme du vieillard ! Long-temps il cacha sa tête dans ses mains ; ses larmes coulaient à travers ses doigts et allaient mouiller, en tombant, la pierre sur laquelle il était assis. Oui, André pleurait tout haut et à longs sanglots entrecoupés, comme un enfant désespéré ; car, ne l'avons-nous pas dit ? l'enfant et le vieillard sont placés aux deux bouts du chemin de la vie : que l'un fasse un pas en arrière et l'autre un pas en avant, et ils rentrent tous les deux dans le ciel !

Ces larmes répandues librement dans un lieu désert et silencieux, rendirent du calme au père

André. Il regarda la voûte céleste à travers le feuillage qui ombrageait sa vénérable tête, et fit une de ces prières si intimes et si profondes, que l'oreille d'un Dieu seul peut les entendre. Cette prière peut se résumer en ces seuls mots : « O mon Dieu! regarde par ici, et tu verras trois créatures bien malheureuses!!! »

Tout-à-coup André se leva et marcha d'un pas ferme vers la métairie; sa résolution était prise : puisque les menaces, les cris, le désespoir, la prudence ni la raison ne peuvent sauver Marguerite, laissons faire à Dieu. La mère qui est dans le ciel saura bien sauver sa fille; allons du moins au secours du Georges qui nous reste. Si un infâme mariage s'accomplit; s'il faut mourir sans avoir uni ces tendres fleurs cultivées avec tant d'amour, eh bien! nous quitterons quelques jours plus tôt cette terre mouillée de larmes; et si les solitudes les plus sauvages ne peuvent sauver ces deux enfants, du malheur, ce fluide mortel que le nouveau-né suce aux sources mêmes de la vie, nous irons chercher un refuge dans le paradis des mères, où nous attendent les deux Marguerite!

Le père André à l'âme la plus douce et la plus aimante unissait un courage constant et indomptable; c'était un de ces hommes vraiment forts, qui, dans les moments solennels, et lorsqu'ils ne trouvent plus rien en eux pour résister aux puissances extérieures, se retirent dans leur conscience, comme un vieux général dans une tour crénelée, et savent attendre avec une passive énergie, aussi noble que le courage actif, l'issue de la catastrophe qui pèse sur leur tête!

Tel le voyageur qui, au milieu d'une plaine sans bornes, se voit tout-à-coup environné par un nuage menaçant : il n'essaie pas de fuir; il s'assied sur un rocher, et, tranquille spectateur de la tempête, il attend que la foudre ait déchiré les arbres séculaires et entr'ouvert le sol à ses pieds; puis, lorsque les premières couches de nuages sont emportées par un vent rapide, et qu'un dernier rayon du soleil couchant vient percer la voûte céleste, il secoue son chapeau mouillé par la pluie, reprend enfin sa marche, et, aux premières clartés de la lune, il arrive à la maison solitaire, dont il a vu de loin briller le foyer, à travers la porte entr'ouverte où une ombre chère attend son retour.

Le père André franchit enfin le seuil de la métairie; mais lorsqu'il voulut monter le petit

escalier de pierre, on lui dit que Georges s'é-
tant trouvé plus malade depuis son absence,
s'était fait transporter au bord du lac à mi-
chemin du château, et que là il avait voulu
être déposé sur un lit de foin...

Alarmé de cet événement, André ne dit pas
un mot, oublia ses fatigues, et essaya de courir
en s'appuyant sur son long bâton. Il prit par
les saules pour n'être pas vu par le pauvre enfant dont il crut entendre au loin la voix plaintive. C'était bien la voix de Georges, et à mesure qu'André approchait, le vent lui apportait
des paroles pleines d'une douloureuse amer-
tume. Il fallait que la fièvre eût fait de grands
progrès et amené le délire dans la tête du jeune
malade si facile à exalter, puisque le père adoptif s'arrêta brusquement, immobile comme la
statue de l'ange qui lève le voile sous lequel il
croit trouver Madelaine sommeillant, et qui
trouve Madelaine endormie pour toujours !

Le malade parlait au ciel, au lac, aux arbres,
à André, à Marguerite, et sans doute aussi à
des esprits invisibles qu'il voyait passer et re-
passer au-dessus de sa tête...

« .... Comment ferai-je maintenant pour
suivre ton vol, ô Demoiselle des Roseaux ? ne

vois-tu pas que je suis implanté dans le sol? J'ai
pris racine et je suis devenu roseau moi-même!
Tu as beau me faire entendre, au moyen de
tes ailes, le murmure de ton cœur, je ne t'écoute
pas! je te dis que je suis plus heureux comme
cela! Non; tes gémissements ne me toucheront
point; je te dis qu'il vaut mieux être roseau
que Georges. Écoute, et vois si je n'ai pas raison :.... quand la pluie tombe, elle coule le
long de ma tige creusée comme un canal, pour
aller rafraîchir mes pieds et nourrir la sève de
mon âme. Que l'ouragan arrive : je baisse la
tête, l'ouragan passe, et, furieux de son impuissance, il va briser un chêne! que l'enfant essaie de m'arracher du sol, comme il arrache
les petites fleurs bleues qui sont sans défense
et dont au lever de l'aurore toutes les compagnes pleurent la mort : le méchant se coupe les
doigts, se sauve en jetant des cris, et moi,
je balance ma tête comme pour lui dire : c'est
bien fait! voilà ce qu'on gagne à faire mourir
les pauvres fleurs qui se cachent pour vivre en
silence, et qui, loin de maudire les passants
qui les découvrent, réjouissent secrètement
leur âme par l'éclat de leurs couleurs et la sua-
vité de leurs parfums; si les fleurs ressem-

blaient toutes au roseau vengeur, tu ne re-
commencerais plus, petit méchant!...

Quand le vent souffle, je soupire doulou-
reusement et j'accompagne avec l'écho des
marécages le cri plaintif du vanneau solitaire. Quand un rayon du soleil me pénètre,
ma tête se redresse avec fierté, et j'ai l'air d'un
glaive menaçant! Puis, lorsque je suis dans
toute ma splendeur, je m'incline tout-à-coup
humblement sous le poids de l'oiseau le plus
léger! et ne suis-je pas heureux, ô verte Demoiselle des Roseaux, puisque tu portes mon
nom avec le tien, que je n'ai plus besoin
de te poursuivre avec ma prison de gaze, et
que tu viens te poser toi-même sur ma tête!
Mais, c'est assez! envole-toi bien vite, car tu me
pèses!... Ma tige est si flexible et ma tête si faible,
que quand tes ailes ne s'agitent pas pour me
soulager, je ne puis plus supporter le poids de
ton corps!... Va-t'en!... je souffre!... ô mon
Dieu, comme je souffre!!... Hélas! je ne suis
pas un roseau, je sens bien que je suis Georges...... rien que Georges!!.........

Eh bien, oui, je suis Georges, et que viens-tu
m'apprendre, ô fée, dont l'ombre plane au-
dessus de moi? C'est en vain que tu te caches

les plis de ton voile vert, que je prenais tout-
à-l'heure pour le feuillage tremblant d'un
saule. Descends plus près de moi et viens te
reposer une minute sur ce lit odorant; mais
non, plane encore sur ma tête, car ton voile que
le vent agite fait circuler un air pur dans mes
cheveux et dans ma poitrine...

Ah! je respire! parle, ô déesse de l'espérance,
si tu dois m'apprendre l'heure prochaine de ma
mort; mais si c'est pour me dire que je commence seulement à vivre, tais-toi et va-t'en!....
Va murmurer tes contes trompeurs et tes
rêves diaphanes aux fleurs d'un matin et aux
papillons d'un jour! peuvent-ils te demander
raison de tes doux et perfides mensonges, les
papillons et les fleurs? Fi, que c'est vilain! jeter
un brin d'herbe à un insecte qui se noie pour
le piquer avec une épingle dès qu'il sera arrivé
sur la rive!...

Que me dis-tu là? tu murmures de vaines
promesses pour rester auprès de moi? J'aurai une place dans son cœur, à la belle fiancée?.... elle sera ma sœur? Son mari, qui est
un mortel plein d'humanité, lui permettra de
m'aimer et même de lui parler de moi, lorsqu'il
sera dispos et attendri par le vin?... Fuis loin

d'ici, méchante fée!! Si tu descends encore,
je déchire ton voile avec mes dents!!

Apprends que dans son cœur je voulais à moi
toute la place, et que si j'étais seul avec elle
dans un vallon solitaire, je serais encore jaloux
de mon ombre! Sais-tu comment je vais te répondre, décevante apparition? Tiens! je souffle
sur toi pour te faire disparaître!...

Non, c'est décidé, je ne veux plus que les
fées s'occupent de moi! je veux qu'on laisse se
noyer le pauvre insecte. Il y a tant de beaux
insectes dans la grande nature! Il y en a tant
qui ont des corsages d'émeraudes et des ailes
d'or, mais qui volent, qui volent si loin qu'ils
ne reviennent jamais plus! ceux-là ne tombent
pas dans l'eau; ils ne veulent pas un peu d'air,
un rayon de soleil et une fleur; ils veulent les
airs, le soleil et les fleurs!

J'en avais une, moi, une seule petite; une
jolie Marguerite! Eh bien, un matin, je suis
venu et je n'ai plus trouvé que la place où po-
saient ses pieds!!...

Puisque tu t'en vas, trompeuse déesse, dirige
ton vol vers cette Marguerite. C'est elle qui a
besoin de t'entendre! dis lui que je suis heureux et infidèle, plein de joie et de santé! Et

si elle refuse de te croire, si elle persiste à
m'aimer et à se souvenir, tâche au moins de
faire durer son rêve jusqu'à l'heure de la
mort!.....

Pour moi je ne veux plus être trompé, et
j'attends l'ange! Oh! comme il tarde à venir!...
André, le voilà! Allons, bon père, il est temps
d'attacher tes ailes aussi blanches que les cheveux de ta tête et la neige de nos montagnes!
Es-tu prêt? envolons-nous!..... L'air me donne
des spasmes!..... Je respire à peine, et ma poitrine se dilate... donne-moi la main, car j'ai
peur de me perdre dans cette immense plaine
bleue. Tu connais le chemin, toi qui, par les
beaux clairs de lune, montais silencieusement
dans le ciel pour parler de moi à ma mère...
Bonne mère, je ne te vois pas encore... Dans
combien de minutes, André? Mais quelles
clartés éblouissantes!..... tiens-moi bien,
André, car mes yeux se ferment à demi!
Quelles sont toutes ces apparitions blanches
qui voltigent sans cesse dans l'espace, et
la tête penchée vers le monde que nous venons de quitter?..... Je comprends; ce sont les
mères qui, du haut du ciel, planent sans cesse
sur la tête de leurs enfants et suivent avec une

tendre inquiétude leur marche sur la terre.....
Mais quelle est celle qui nous tend les bras de
si haut?... O mon Dieu!... c'est Marguerite de
Saint-Jean! c'est ma mère!... Me voilà, ma
mère! me voilà!!.... elle ouvre les bras! Au
secours!... on lie mes ailes par-derrière!..... un
démon pose ses pieds sur mes épaules!..... Tu
quittes ma main, André? tu m'abandonnes?
Je tombe! je tombe!... Ah!!...

Quel réveil! me voilà encore sur la terre, et
je ne me suis pas tué dans la chute!..... Je
suis Georges, toujours Georges!...

Que me veut à présent cet homme au manteau noir?

J'ai peine à voir sa figure à travers sa barbe
épaisse. Ses yeux brillent comme deux vers
luisants dans un buisson épineux...

Que dit-il?... C'est cela; apprenez-moi la
sagesse! on dit que les hommes sages n'ont
point de passions et ne connaissent pas l'amour.
Voilà qui est une bonne et vénérable chose,
ne pas connaître l'amour! De grâce, monsieur
le docteur, dites-moi ce qu'il faut faire pour
être un homme sage!

Je vous écoute; mais parlez un peu plus vite,
car votre lenteur me glace, et j'ai froid de vous

entendre! Y a-t-il donc un rouage qui règle la
marche de vos discours et la sortie de vos paroles? Je comprends! c'est de l'ironie, et vous
parlez déjà comme l'homme sage. Chut!!...
« L'homme sage est une machine faite de chair
et d'os, chez laquelle, au lieu de sang, une
vapeur blanche circule dans les veines. Cette
machine dont les rouages se meuvent d'eux-
mêmes sans aucune impulsion étrangère, marche avec une régularité fantastique.

La machine - homme - sage ne laisse entrer
dans sa tête, au moyen d'une soupape appelée
la prudence, qu'une fraction d'idée à la fois,
et dans son cœur, au moyen d'une autre soupape appelée la vertu, que la moitié d'un sentiment qu'elle examine, pèse, discute et ana-
lyse avant de laisser entrer l'autre moitié!

La machine-homme-sage ne sort de sa cage
vitrée que lorsque le soleil brille dans un ciel
sans nuage, et à peine sa roue cotonneuse a-
t-elle fait deux tours silencieux sur le pavé, que,
si l'orage gronde, si le tocsin sonne, si l'incendie s'allume, si les fleuves débordent, si la voix
populaire ou le canon étranger se font entendre, la machine-homme-sage rentre dans sa cage
vitrée où toutes les lumières s'éteignent à la

fois. Puis elle ferme méthodiquement après elle
les trente-deux portes de fer inventées par Pyg-
malion, et avant de s'endormir elle s'attache
sur la poitrine une triple cuirasse d'airain, in-
ventée par elle-même, de peur d'être surprise
pendant son sommeil !

Lorsque la machine-homme-sage sent en elle
le mouvement de certain rouage qui fait battre
son cœur, elle sort au commencement de la
nuit ; si elle rencontre une femme, elle regarde
furtivement autour d'elle, et si elle se sent aper-
çue, un énorme capuchon se baisse à l'instant
sur sa tête, pour intercepter officiellement l'a-
mour au passage des yeux ; car la machine-homme-sage ne s'humanise que dans les ténèbres !

La machine-homme-sage appelle l'amour reconnu par la loi et protégé par la police : un
établissement ; et lorsqu'il est prêt à se former
sous la raison sociale Mâle-Femelle et compagnie, elle laisse entrer, au moyen d'une dernière soupape appelée la prévoyance, une foule
d'idées à la fois : une idée pour la garde-robe,
deux idées pour le trésor, et beaucoup d'idées
pour la cave, l'office, et généralement pour
tout ce qui concerne le graissage de la machine
entière !

Le trésor, l'office et la cave, voilà les trois divinités immortelles que la machine-homme-sage adore à genoux devant l'autel de l'hyménée!

Enfin la machine-homme-sage est une sorte de mouvement perpétuel, qui pourtant, comme tous les mouvements simples, va s'arrêter dans l'immobilité du tombeau!

Arrière, philosophe noir! est-ce que je veux de ta sagesse à ce prix? Tu ne connais donc pas Georges? Poésie, tendresse, amour, voilà l'âme, voilà la vie! Veux-tu que Georges ressemble aux animaux qui rampent? Le castor ne vaut-il pas ton homme sage? Tu as bien fait de disparaître, noir habitant des laboratoires souterrains, j'allais presser ton cœur entre mes mains et en faire sortir l'essence que tu élabores, que tu nommes la sagesse, et que j'appelle l'égoïsme!!!

Enfin il est parti!

Mais quelle fraîcheur m'apporte tout-à-coup cette brise des montagnes!..... Hélas! que de feuilles mortes elle détache en même temps!... Elles tombent toutes à mes pieds..... Je comprends ce présage!..... Faut-il donc mourir si jeune? Quitter cette vallée tranquille, ce lac argenté, cette forêt mystérieuse, cette Marguerite que j'ai tant aimée?

Mais pourquoi me plaindre? voici une tendre fleur qui s'est épanouie aux pleurs de l'aurore, et qui sera flétrie avant la rosée du soir. Voilà bien l'image de mon existence!

Ici il y eut un moment de silence. Le père André restait immobile et écoutait le malade sans oser faire un pas. Mais quel ne fut pas l'effroi du bon vieillard lorsqu'il entendit le pauvre malade chanter sur une mélodie aussi vague et aussi plaintive que le gémissement du vent au sortir des roseaux :

« Pauvre fleur desséchée,
» Vers la terre penchée,
» Ta sève va tarir ;
» Par la fraîche rosée
» Tu n'es plus arrosée,
» Ce soir tu vas mourir.

» Près de toi je succombe ;
» Pauvre fleur, sur ma tombe
» Penche-toi pour mourir,
» Afin que le vent prenne
» Dans ton sein quelque graine
» Qui puisse un jour fleurir.

» Puis un vieillard fidèle
» Voyant la fleur nouvelle,
» Pensera dans son cœur :
» La pauvre Marguerite,
» Pendant la nuit bien vite,
» A planté cette fleur ! »

Bientôt Georges cessa de chanter et se mit à arroser de ses larmes brûlantes la petite fleur qu'il baisait avec transport, en s'écriant : Tiens ! voilà mon âme et ma vie ! mourons ensemble!!

André voyant que le délire du malade approchait du désespoir, se réveilla enfin de sa douloureuse contemplation, et arrivant doucement auprès de lui, il lui dit ces seuls mots, mais d'une voix dont nous n'essaierons pas de peindre la suave tendresse :

— Georges.... voilà André!!

XXIII

LES AILES DE L'ESPÉRANCE.

« La Foi, l'Espérance, la Charité,
» sont trois tendres sœurs qui se tiennent par la main ; mais
» l'espérance s'est placée au milieu afin de pouvoir toujours
» sourire à ses deux sœurs ! »

L'historien des Frénelles.

— André, c'est le ciel qui t'envoie! Je suis déjà bien coupable, car je sens que je m'abandonne au désespoir; de là au doute il n'y a qu'un pas. Dis-moi que c'est bien mal de douter de la bonté divine! Gronde-moi, je l'ai mérité; mais ensuite il faudra me pardonner, car tu ne sauras jamais ce que je souffre là... et là!

Et Georges montrait sa tête et son cœur.

— Je le sais, mon pauvre ami; comme toi, j'ai souffert, et j'étais si abandonné, que je n'avais plus que l'ombre du vieux Joseph pour me consoler. Mon père n'était pas là; il était mort, pleurant peut-être le jour où son fils avait quitté le seuil de sa maison. Mais que dis-je? je ne fus jamais seul, car, au milieu de mes larmes, et dans le silence de mes nuits, trois divinités bienfaisantes furent les généreuses compagnes de mes douleurs.

— Lesquelles?

— La foi et l'espérance, lorsque déjà j'avais l'amour!

— Oh! oui, l'espérance, André! fais revenir l'espérance!

— Je vais lui dire qu'elle revienne; mais souviens-toi, Georges, que si l'espérance a des ailes pour voler à la poursuite du bonheur, elle en a aussi pour s'envoler du cœur qui a laissé partir la foi!

— Mon père, il ne faut donc jamais laisser laisser s'envoler l'espérance?

— Jamais, car tant qu'elle est là on possède un trésor inconnu à l'homme heureux. Si celui-ci peut dire *aujourd'hui*, le malheureux seul peut dire *demain*!

— Et si tu avais vu ce que j'ai vu, mon père?
Écoute : j'étais couché dans le grand fauteuil,
et du balcon je regardais le vieux château où
elle est enfermée. J'ai vu passer à la file beaucoup d'hommes aux costumes étrangers parmi
lesquels j'ai reconnu la soutane d'un prêtre!...
Qu'a-t-on besoin d'un prêtre là-dedans, si ce
n'est pour un mariage ou des funérailles? Mais
c'est pour un mariage, car je regardais avec les
yeux de l'âme, et j'ai tout vu!..... Entends-tu
d'ici le bruit des marteaux?..... Et ces ombres
qui passent derrière les fenêtres, les vois-tu?.....
Un voile blanc flottait hier à une fenêtre
isolée... Quelque chose me dit que c'était la
fenêtre de Marguerite!... Aujourd'hui le voile
a disparu!... Allons, André, que n'appelles-tu
l'espérance?

— Que la volonté de Dieu s'accomplisse!
voilà ce que doit espérer l'enfant élevé par André! ou bien André a été un maître imprudent
et un père aveugle.

— Et si je dis comme toi : que la volonté de
Dieu s'accomplisse! et qu'ensuite la cloche de
la chapelle se mette à sonner dans le château,
me permettras-tu au moins de mourir?

— Comment feras-tu pour mourir, pauvre

insensé, si Dieu a dit : « Je veux qu'il vive!

— Quoi! on voudrait me faire vivre dans cette agonie?... Barbares, que vous ai-je donc fait? s'écriait Georges en proie à un accès de désespoir. Eh bien! je me traînerai, comme une bête rampante, jusqu'au bord du lac, et.......

— N'achève pas, enfant égaré!... Le suicide? l'assassinat commis sur l'homme par lui-même? voilà le plus grand crime qu'une créature humaine puisse commettre, puisqu'elle est la seule gardienne de sa propre existence! Oh! les meurtriers, les conquérants et les bourreaux seront mis à part le jour où le Créateur fera le compte des âmes! N'achève pas, te dis-je, ou je te renie pour mon fils! Tu te traîneras jusqu'au lac, ingrat? Sans doute tu y traîneras aussi le vieil André, que tu n'auras point la lâcheté d'abandonner sur ses rives?..... Imprudent! ne sais-tu pas que le suicide n'entrera jamais dans le paradis de nos Marguerite?..... Mais calme-toi.... Oui, je vois ton repentir..... Je comprends..... ne parle pas, c'est inutile..... Ce n'était pas Georges, c'était la fièvre!..... Allons, donne-moi ta main, et écoute les paroles de ton bon génie.....

Vois-tu cette colombe des bois?... tu la con-

nais, car depuis deux ans elle fait son nid sur
le frêne qui nous couvre de son ombre. Hier
je l'ai vue sortir de son arbre pour défendre
ses œufs qui vont éclore ; elle battait des ailes
et luttait courageusement contre un milan,
qui déjà l'avait saisie dans ses serres cruelles,
lorsqu'un vautour attiré par le bruit, fondit sur
le ravisseur, et l'emporta dans la forêt voisine.
Maintenant lève les yeux !..... voici la colombe
qui réchauffe amoureusement sa tendre famille ; sa tête dépasse le bord du nid ; elle nous
regarde ; elle semble nous dire : Celui qui m'a
sauvée hier ne peut-il te sauver aujourd'hui ?

— Oh ! que ta voix est suave, André ! Parle,
parle encore ! l'espérance vient d'agiter ses
ailes sur mes lèvres ! Quel bien elle me fait en
entrant dans mon âme ! Oui, je commence à le
comprendre : l'espérance est le bonheur du
malheureux !

— Et la foi, mon fils, est la sœur de l'espérance !

— Ah ! si je pouvais avoir foi en Marguerite !

— Georges, tu ne connais pas le cœur d'une
femme ; parce que tu souffres plus qu'elle, tu
crois qu'elle a moins d'amour ? Veux-tu que
les fleurs sèment leurs graines avant d'ouvrir

leurs corolles? Veux-tu que les petites fauvet-
tes se mettent à construire leur nid avant que
leur mère les ait apprises à chanter? Oh! que
les fleurs s'ouvrent et que les oiseaux chantent
avant de songer à leurs unions aériennes! quand
cette union s'est accomplie, adieu les parfums
et les chants! les parfums attirent les passants,
et les chants l'oiseleur!

— Au moins pourrais-tu me dire qu'en ce
moment Marguerite m'aime et pense à moi?

— Oui, Georges, elle t'aime et pense à toi!
Considère un enfant: il paraît tranquille et in-
différent; retire-le des bras de sa mère, il
pleure! Ainsi fait Marguerite.

— Elle pleurerait pour moi?

— Comme en ce moment tu pleures pour
elle!

— Merci, André! La foi et l'espérance reviennent en même temps. Oui, je crois et j'espère!

— Dieu t'en récompensera, Georges. Regarde
ce sombre nuage qui glisse à l'horizon...

— Je le vois.

—Avant une heure il disparaîtra pour jamais
dans les vapeurs de l'Océan... Mais que regardes-
tu donc?

— Le nuage.

— Mais le nuage est en haut et tu regardes en bas !

— Hélas! je regarde encore autre chose...

— Et quoi donc?

— La prison qui renferme Marguerite!

— Encore le doute?

— ... Mieux que cela, mon père!..... Je vois une femme qui franchit le pont et qui vient à nous en courant!..... Juste ciel! serait-ce Marguerite?... C'est elle!... je la reconnais!... Marguerite!... Marguerite!!...

— Est-ce bien elle, Georges?... Non... c'est madame Aubry!... Quoi, tu baisses la tête? tu ne parles plus?..... tu caches ta figure dans tes mains?

— Ayez pitié de moi, mon père; je viens de laisser s'envoler l'espérance!!...

XXIV

PAUVRE MARGUERITE.

« Bientôt je ne vous verrai plus. Je ne pourrai plus sécher
» vos larmes. Quand je pense que peut-être en ce moment,
» vous êtes là, tout seul, bien triste, pensant à moi, m'ap-
» pelant ! Que cette pensée me fait mal !.... Puisqu'il faut souf-
» frir, souffrons ensemble ! »

Sophie Monnier à Mirabeau.

Madame Aubry arriva enfin. André et Georges lui-même, qui disait avoir laissé s'envoler l'espérance, l'accablèrent de questions. Elle fit signe, d'une main, qu'elle ne pouvait répondre, tant cette course l'avait épuisée, et, de l'autre, elle tira de son sein une lettre qu'elle présenta au vieillard. Mais que disons-nous, une lettre? c'était un morceau de parchemin à demi rongé par les rats, sur lequel Marguerite avait écrit

avec un morceau de plomb détaché d'un toit
par l'intrépide fermière. L'infortunée jeune
fille avait déjà tout le génie d'un vieux prison-
nier !

Le père André lut bien vite à haute voix :

« Je suis bien malheureuse! Maintenant je
» comprends le chagrin de Georges; c'est lui
» qui sait lire dans l'avenir..... mais seulement
» dans l'avenir! Je crains de vous dire des cho-
» ses qui vont vous faire bien du mal , et pour-
» tant ne faut-il pas que je parle? O mon Dieu!
» si je vous fais de la peine , comment ferai-je,
» à présent, pour vous consoler? Qu'il est triste
» de penser que je suis la cause de tous vos
» chagrins, moi qui voudrais rendre votre exi-
» stence si belle et si heureuse! Je sais à peine
» ce que j'écris, tant je tremble d'être surprise.
» Cette idée me cause une peur qui est au-des-
» sus de mes forces. Le barbare! il a vu, à ma
» fenêtre, un voile que le vent faisait flotter vers
» la métairie comme pour indiquer le vol de
» ma pensée, et il m'a enfermée dans une
» chambre dont les lucarnes s'ouvrent sur une
» tourelle si sombre , qu'elle jette les ténèbres
» dans ma prison et dans mon âme. Depuis que
» je ne peux plus vous voir de loin, il me sem-

» ble que mes yeux sont fermés, et que je com-
» mence à mourir!....

» Que je voudrais savoir ce que vous faites à
» cette heure (trois heures sonnent à l'horloge
» de la chapelle), et surtout ce que vous pensez!
» Oh! n'est-ce pas que c'est à moi?

» Comment vais-je vous apprendre tout ce
» qui m'arrive? Je ne sais même pas si cette
» lettre vous parviendra. Priez Dieu pour moi!
» J'éprouve des inquiétudes si vagues et une
» tristesse si douloureuse, que si tout cela dure,
» Marguerite ne résistera pas. Je vous le dis, et
» que mes paroles aillent bien jusqu'à votre
» cœur : si vous ne voulez pas que je meure,
» sachez du moins avoir du courage. Oui, je
» le veux; faites cela pour moi! Mon Dieu! si
» j'apprenais que vous êtes malades, pouvez-
» vous bien comprendre ce que je deviendrais?
» Oh! ne soyez pas malheureux ni trop affligés;
» c'est une prière si tendre! qu'elle ne soit pas
» faite en vain! Il faut employer à cela toute
» l'énergie qu'il y a dans votre âme; vous vous
» direz : C'est pour Marguerite! elle le veut!
» oui, je le veux, oui, je vous en supplie! Je
» voudrais imaginer quelque chose pour vous
» consoler de ce que j'ai à vous apprendre; je

» cherche!..... Hélas je ne trouve que ceci : je
» vous aime!

» Le comte m'a tout dit : André a été faible;
» il n'a pu s'empêcher de révéler le secret de
» ma naissance : Georges, tu es le fils du peu-
» ple, et c'est moi, infortunée, qui suis la fille
» du noble comte! William a pleuré avec moi,
» mais il m'a dit que rien ne pouvait nous réu-
» nir, et il m'a montré les titres qui constatent
» ma naissance. Je pouvais à peine les lire,
» je les arrosais de mes larmes; il n'y a plus de
» doute, hélas ! et une autre destinée pèse sur
» la pauvre Marguerite! »

— Serait-il possible? — s'écria Georges.

— On la trompe! — répondit André; je n'ai
révélé mon secret à personne; il est toujours là,
dans ma tête, comme dans une tombe !...

« André, pourquoi donc avoir parlé? Pour-
» quoi avoir livré ces titres qui me donnent à
» la fois un père et un....... il me fera mourir!
» vous ne savez pas ce qu'ils veulent faire de
» votre Marguerite?... La marier à.... m'ont-ils
» dit son nom?.... Il est d'une illustre famille,
» donc je dois être heureuse; je suis bien mal-
» heureuse!!...

» Hier à pareille heure, il y avait trois jours

» et trois nuits que je pleurais. J'ai entendu les
» pas du comte dans la galerie, j'ai couru au-
» devant de lui ; je me suis jetée à ses genoux,
» et... faut-il tout dire ? je lui ai parlé de Geor-
» ges. M. de Chapstal m'a relevée, a essuyé mes
» larmes, m'a embrassée sur les deux joues,
» et moi, pleine d'espérance, je levai un regard
» sur mon père, bien certaine de voir aussi des
» larmes dans ses yeux ; mais sa figure était
» calme, et il me dit avec un souffle glacé :

» — Mademoiselle de Chapstal, faites-moi la
» grâce de ne jamais prononcer devant moi le
» nom de ce Georges?

» — Jamais ? — me suis-je écriée.

» — C'est-à-dire, mademoiselle, jusqu'à ce
» que vous soyez mariée. Alors, l'avenir vous
» appartiendra.

» — Mon père, — lui dis-je en saisissant ses
» mains que je couvrais de baisers et de lar-
» mes, n'aurez-vous pas pitié de la famille qui
» m'a recueillie, de ce père qui m'a sauvée au
» milieu de l'incendie (car William m'a raconté
» toute l'histoire, ô courageux André !), de ce
» généreux vieillard qui, après vous avoir sauvé
» vous-même du naufrage, m'a rendue à votre
» tendresse? — Il a gardé le silence, mais, se

» retournant, il a montré du doigt un vieux
» tableau qui représente Isaac à genoux sous
» la hache de son père !

» — Suis-je donc condamnée à mourir ? —
» ai-je crié à travers mes sanglots.

» — À mourir ? — répondit-il avec un rire
» cruel ; — non, mademoiselle, mais à prendre
» un mari !

» — Au moins, puisqu'il faut abandonner
» ma famille d'adoption, permettez-moi de
» rester libre et solitaire toute ma vie, dans ce
» château. Qu'on m'enferme ! je ne demande
» qu'une petite lucarne d'où je puisse voir le
» lac, les Frênelles et la métairie ; hélas ! je n'o-
» sais déjà plus ajouter : Georges et André ; ac-
» cordez-moi cela, monsieur le comte, et à ce
» prix j'accepte ma prison !

» À ces paroles, il s'est violemment emporté,
» puis il a dit d'une voix solennelle :

» — Le château de mes ancêtres ne saurait
» être la prison de mademoiselle de Chapstal !
» Après la bénédiction nuptiale nous partons
» tous les trois pour la capitale où nous attend
» notre auguste maître.

» Tous les trois ! hélas ! pensai-je, ce n'est
» plus avec Georges et André ! La colère me

» prit à mon tour, et je dis d'une voix exaltée :
» Monsieur le comte, êtes-vous bien sûr d'être
» mon père?

» — A propos, Marguerite, — me répondit-
» il froidement, — vous regarderez ce soir s'il
» n'y a pas un signe à votre épaule gauche!

» Que veut-il dire, et où suis-je donc?...

» Le comte s'en allait; je compris que ma der-
» nière espérance s'en allait avec lui. Je fis un
» grand effort et me jetai encore à ses pieds;
» mais cette fois je ne pouvais plus parler, mais
» dans mon égarement, j'avais encore la force de
» montrer du doigt la direction de la métairie.
» A ce signe de détresse, la fureur le prit et
» j'entendis des noms si durs d'*espion* et d'*en-*
» *fant trouvé*, que ma vue se troubla, et que, du-
» rement repoussée, je tombai évanouie sur le
» plancher. O mon Dieu! jamais je n'ai été trai-
» tée comme cela!

» Lorsque je revins à moi, j'étais couchée
» dans une chambre plus sombre encore, et,
» ouvrant les yeux, au lieu de ma mère Aubry,
» je vis debout devant moi, le comte de Chap-
» stal. Il était fort pâle; ses yeux semblaient
» éteints, et on ne le voyait pas respirer. Je le
» pris pour un mort, et j'eus si peur que je me

» cachai dans mon lit en mettant mes mains par-
» dessus ma tête. Je ne savais pas ce qui allait
» arriver, et pourtant je croyais bien que ma
» dernière heure était venue.

»—Mademoiselle de Chapstal, — dit-il enfin,
» — savez-vous ce qu'une fille doit à son père?

» — Respect! répondis-je en tremblant dans
» mon lit.

» — Obéissance!! — reprit-il d'une voix
» étouffée. — La fille qui n'obéit pas à son père
» est maudite de Dieu!

» Maudite! voilà un mot terrible, n'est-ce
» pas, Georges? Aussi mes larmes partirent tout
» de suite. Mais il paraît que lorsqu'on pleure,
» cela lui donne de la rage; peut-être est-ce
» pour cela que je ne réussis jamais à l'atten-
» drir, je pleure toujours!

» — Encore des larmes! — s'écriait-il en
» marchant à grands pas. — Savez-vous, mal-
» heureuse, que je vous cache depuis deux jours
» pour dérober ces pleurs à votre fiancé? Allons,
» plus de retard, car le moment décisif est ar-
» rivé! D'un mot, vous allez choisir entre mon
» amour et ma haine..... Je dois vous dire avec
» franchise que l'un et l'autre sont extrêmes!...
» Je ne veux d'autre réponse que : *oui* ou *non*.

» Peut-être allez-vous décider du sort des deux
» êtres que vous aimez et qui sont en ma puis-
» sance, puisqu'ils sont dans mes domaines.
» Mademoiselle de Chapstal, voulez-vous m'o-
» béir?

» Oh! pardonnez-moi, André! pardonnez-moi,
» Georges! faites grâce à la pauvre Marguerite,
» qui a répondu...... oui...... avant de mourir!

» — C'est pour ce soir, m'a dit le comte en
» faisant un pas comme pour m'embrasser;
» mais tout-à-coup, égarée et sentant le délire
» me monter, je me lève sur mes genoux et je
» m'écrie : Oui, à ce soir, monsieur le comte!!

» Il faut que j'aie été affreuse, car monsieur
» de Chapstal me regarda plein de terreur, et
» marchant à reculons comme s'il n'eût osé se
» retourner, il ouvrit doucement la porte der-
» rière lui, et disparut; je l'entendis trébucher
» plusieurs fois dans l'escalier en criant : Grâce!
» grâce, Marguerite!!

» Pourquoi lui ai-je fait peur ainsi? Y a-t-il
» une autre Marguerite dans le château? Serions-
» nous ici deux pauvres filles destinées à mou-
» rir?

» Quelques instants après, ma mère Aubry
» est venue tout éplorée me dire que la foule en-

» combrait la grande salle ; que les hommes de
» loi, le prêtre, les témoins, tout le monde était
» arrivé ! que les femmes préparaient ma toilette
» dans la chambre voisine ; et qu'enfin mon-
» sieur...., l'autre à qui je voulais aussi deman-
» der grâce, avait consenti à se marier sans me
» revoir..... L'heure approche.... Grand Dieu !
» qui me défendra ? Ma mère Aubry se dévoue
» pour moi ; elle va essayer de sortir du châ-
» teau, avec l'aide de son mari. Elle espère vous
» porter cette lettre que vous ne pourrez peut-
» être pas lire, si jamais elle vous arrive.........
» Pendant ce temps-là, que vais-je devenir ?.....
» Puis-je, sans crime, désobéir à mon père et à
» Dieu ?... Et quand je le voudrais, le pour-
» rais-je, seule et sans défense dans ces sombres
» galeries ?... . Il est temps qu'on vienne à mon
» secours ! mais que dis-je ? comment franchir
» les ponts et les herses de cette terrible pri-
» son ?....

    » Ma résolution est prise : déjà mon âme s'est
» envolée vers vous ; qu'ils fassent ce qu'ils vou-
» dront de ce qui leur reste d'une pauvre fille
» qui va s'éteindre ! Surtout, André, ne la con-
» damnez pas, et priez bien pour elle !

    » Si je dois mourir, je ne veux pas emporter

» un secret que je garde dans mon cœur depuis
» deux ans : ...... Georges, je t'aime!! »

Après cette lecture, André s'écria en essuyant
ses larmes : — Georges, au nom de ta mère, ne
te décourage pas! je jure que ce mariage ne
s'accomplira point!

Georges garda le silence ; on s'aperçut qu'il
s'était tourné vers le lac pour ne plus voir le
château ; une minute après, il se mit à rire tout
seul. André, saisi de terreur, fit signe à madame Aubry, et l'emmenant à l'écart, il lui dit :

— Que Dieu nous protège! Sa raison s'é-
gare!..... Laissons-le seul un instant ; peut-être
le silence lui fera croire à un rêve..... cela seul
peut le sauver! A nous deux maintenant, bonne
nourrice! L'instant fatal est arrivé! Allons,
parle à ton tour! Toi qui as allaité cet enfant,
n'auras-tu pas l'instinct des mères? En présence de Dieu qui nous écoute, dis-moi si tu
connais un moyen de sauver ces orphelins!

— Hélas! mon bon monsieur André, que
vous dirai-je? cet émigré est le démon de l'orgueil, et ceux qui l'entourent à cette heure
sont tous échappés de l'enfer! N'ont-ils pas
perverti mon pauvre Aubry lui-même? La force
est inutile ; les menaces?... ils en riraient! Mar-

guerite n'a plus qu'un souffle de vie... Écoutez
Georges...... il parle tout seul!..... Il y a un
moyen..... un seul!.....

— Lequel?

— Se dévouer pour les sauver tous les deux!
Souffrirons-nous que ces tendres enfants soient
dévorés par un fantôme?..... Si j'étais destinée
à les délivrer?

— Que voulez-vous dire, madame?

— Si je tuais Chapstal!!!

— Grand Dieu!

— Mais non!..... non!..... je deviens folle à
mon tour. La mère Aubry sait allaiter les enfants, et non tuer les vieillards!!!

— Ayez pitié de nous, ô mon Dieu! Deux
fois la même pensée dans la même heure!.....
Les têtes les plus pures peuvent donc aussi
comprendre le crime?

— Pardonnez-moi, ô mon père! c'est un
mouvement terrible, mais involontaire!

— Pardonne-moi donc à ton tour, ô pauvre
mère! car cette pensée je l'ai conçue avant toi!

— Puisqu'il ne nous reste plus qu'à prier
pour ces enfants, André, adieu!

— Où cours-tu donc sans m'entendre? Penses-tu que je vais les abandonner ainsi? Ta

mission n'est pas finie, fidèle nourrice. Cours
au château; il n'y a plus une minute à perdre.
Dis à Chapstal que je veux lui parler une dernière fois. Dis-lui que Georges est son fils! Ne
lui dis pas cela, il ne le croirait pas. Dis-lui qu'il
est bien vrai que Marguerite est sa fille; que je
le confesse enfin! qu'il faut que je lui remette
les titres de naissance. Dis-lui qu'il y a une
lettre autographe du roi; que cette lettre, flat-
teuse pour lui, contient de grandes révélations;
que l'heure est venue de la lui remettre; que
le sort de la France est peut-être en ses mains!
que je suis l'agent royal, et qu'il faut bien que
je lui parle! mais sur l'heure! sur l'heure, entends-tu?..... Un instant encore; ce n'est pas
tout : dis-lui qu'après cela je m'éloignerai avec
Georges, et qu'il ne nous reverra jamais plus!
que nous partirons pour le Nouveau-Monde;
qu'il y aura les mers entre nous, mais qu'avant
de faire un si long voyage il faut bien que je
lui parle!....

Tâche de mentir avec assurance, pauvre
mère, car pour les sauver il faut tout essayer, excepté le crime!....... Où vas-tu donc?
Dis-lui encore que Georges renonce à Marguerite; qu'il voit bien à présent qu'un obscur

enfant du peuple ne peut s'allier à une noble
héritière, et surtout à mademoiselle de Chapstal! Il faut le flatter, mère Aubry; cela l'at-
tendrira! Ajoute que Georges a des lettres de
Marguerite, qu'on les brûlera en sa présence,
et que pour cela il faut bien que je lui parle!...
O trait de lumière!!! Dis-lui qu'il me doit de
l'argent pour l'entretien de Marguerite; que
j'ai résisté jusqu'à présent pour grossir la
somme, mais que, forcé de partir sur l'heure
pour Saint-Jean-de-Luz où un vaisseau va faire
voile pour les Indes, je baisse mes prétentions
jusqu'à accepter ce qu'il voudra bien me donner, attendu que je n'ai pas assez d'argent pour
payer mon passage..... et que des agents de la
police impériale sont sur le point de découvrir mes traces!... Fais-lui comprendre que
l'antique nom des Chapstal serait à tout jamais flétri si l'héritière de ce nom montait à
l'autel avant qu'on eût payé le pain de son enfance!..... Dis enfin qu'en mourant la comtesse
m'a remis une lettre pour lui et des instruc-
tions pour sa fille; que s'il ne veut pas venir
les chercher, je courrai au château. Dis-lui
tout ce que tu voudras; j'approuve tout à l'a-
vance pourvu que je lui parle... car si je te

parle, misérable insensé, je saurai bien te faire
demander grâce à deux genoux!!!

— Et si le pont est levé?

— Que me dis-tu là? Comment faire?..... ô
mon Dieu! comment faire?..... Eh bien! crie,
menace, appelle! dis que le feu est à Montperdu, ou bien que je suis mort. Peut-être
Aubry courra-t-il à ses greniers, et tandis qu'on
baissera le pont, tu forceras le passage. Si ces
moyens ne réussissent pas, il faut en employer
d'autres.... Dis qu'une révolution a éclaté; que
l'empereur est assassiné, et qu'on cherche les
émigrés! Les remparts sont-ils donc si élevés
qu'on ne puisse.....? Mais je délire!!!..... Mon
Dieu ayez pitié de nous! car si la voix d'une
femme ouvre les portes de cette horrible prison, les prières d'une mère attendriront-elles
Chapstal?

— S'il ne veut pas m'entendre; s'il refuse
de me croire et de vous parler, je me jetterai
à ses genoux, je pleurerai, je crierai : « Grâce
pour mes enfants!..... »

— C'est cela, il faut crier grâce!

— Et s'il reste insensible?

— Alors, ô pauvre nourrice, dis à Marguerite qu'elle prenne courage à son tour, que je

le veux ! que je lui défends de s'abandonner
au désespoir!.... Mais non; parle-lui plus doucement, à cette tendre enfant.... dis - lui que
nos âmes aussi se sont envolées vers elle.....
dis - lui que Georges n'est pas malade; qu'il
l'aime toujours, mais qu'il supporte son malheur avec une religieuse résignation; que nous
consentons à vivre; que nous lui donnons tous
les deux rendez-vous dans le ciel!..... Après
cela, bonne mère, ne la quitte plus, et si la
colère de Dieu n'éclate pas sur la tête des cou-
pables, accompagne-la du moins jusqu'à l'autel..... ou jusqu'à la tombe!!

Madame Aubry n'eut plus la force de répondre, mais après avoir levé la main comme pour
un serment solennel, elle se mit à courir en
passant du côté de Georges pour le voir encore
une fois. Celui-ci l'appela, et lui présentant le
parchemin de Marguerite, sur lequel il avait
écrit quelques mots avec son sang, il dit d'une
voix étouffée :

— Si elle va à l'autel, présente à Marguerite
ce dernier adieu de Georges; si c'est à la tombe,
porte-lui ce dernier baiser avec mon âme!!

Madame Aubry se jeta à genoux, pressa
long-temps le malade dans ses bras, et ce ne fut

qu'un seul baiser ; puis, se relevant bien vite, elle reprit de nouveau sa course et cria de loin à André avec une exaltation extraordinaire :

— Si je sauve ta Marguerite, sauve au moins mon Georges !!!

XXV

UN FANTOME.

« Peur, qui pourrait te voir sans pâlir comme toi? »

COLLINS.

Depuis trois jours un bruit continuel fati-
guait les échos poudreux du vieux château de
Chapstal. De nombreux ouvriers avaient réparé
corniches, chapiteaux et lambris; recloué les
chevaliers ébranlés sur leurs piédestaux; artistement rebouché les trous communiquant aux
galeries souterraines dans lesquelles, depuis
vingt ans, les rats féodaux tenaient leurs con-

ciliabules contre l'ennemie commune, la meute
du majordome; et, soit dit en passant, il n'est
pas douteux que celle-ci n'eût fini par être un
jour dévorée par les rats du noble manoir, sans
la miraculeuse fécondité de Malvina, qui,
chaque année, mettait au monde une douzaine
de héros, suçant avec le lait maternel les bons
principes au nom desquels ils allaient bientôt
combattre pour la bonne cause!

Une longue file de mulets pesamment char-
gés avait passé dans le tortueux défilé, comme
un immense serpent. Les valets aux livrées
Chapstal et Châteauneuf se heurtaient dans les
escaliers, se perdaient dans les caves, se disputaient dans les salles, ou se faisaient mordre par
les chiens. Le personnel était si bruyant et si
nombreux, que tout se mêlait, se commençait
à la fois, et que rien ne s'achevait dans le castel
qui semblait condamné par une fée maligne, à
dormir éternellement dans son linceul poudreux. La cause de ce désordre était pourtant
bien naturelle, et n'avait rien de fantastique,
si ce n'est qu'à chaque grain de poussière, il
y avait un valet pour l'essuyer! Le château tout
entier remuait, grondait, chantait, sifflait, vo-
ciférait depuis le fond des oubliettes jusqu'à la

pointe des tourelles, et semblait payer en un
jour le silence de seize ans. On eût dit une
vieille forteresse que mille bras approvision-
naient à la hâte pour un long siége; mais au
lieu de soldats noircis par la poudre et amaigris
par les privations, on n'y voyait entrer que de
gros et ronds parasites accourus en toute hâte,
de Mauléon, de Saint-Jean-de-Luz et d'Oleron,
pour assister aux fiançailles de noble homme
M. le vicomte de Châteauneuf avec noble da-
moiselle Marguerite de Chapstal.

Cérémonie nuptiale, banquet, pharaon, combat de coqs, chasse au loup, l'infatigable majordome avait tout ordonnancé de lui-même; il
voulait ôter à son maître la moindre possibilité
de retour, et il craignait peu les conséquences
de cette témérité, car il avait assez entendu de
l'histoire du père André pour reconnaître que
celui-ci n'avait aucune preuve authentique de
la naissance des enfants, qui pût lutter contre
la fameuse déclaration d'un majordome témoin
oculaire!

Déjà l'assistance était si nombreuse qu'elle
refluait de la grande salle dans les galeries voisines. Le maire avait préparé la table de la loi,
et le prêtre l'autel. Les sacrificateurs étaient

prêts, on n'attendait plus que la victime!

Le vicomte de Châteauneuf, qui depuis longues années était la proie secrète de trois vautours insatiables : l'orgueil, l'ambition et le jeu, attendait dans un uniforme brillant que le premier coup de cloche de la chapelle lui annonçât l'arrivée d'une fiancée qu'il n'avait vue qu'une fois, et celle d'une dot à laquelle son impudique imagination faisait une cour assidue. Assis dans un fauteuil gothique, au milieu de la salle des chevaliers, le coude appuyé sur la statue d'un Chapstal à longue barbe, il promenait un œil terne et flétri sur les ombres de ces nobles ancêtres qui semblaient regarder avec défiance et fierté celui qui prétendait mêler ses armes à celles de leur écusson. Mais Châteauneuf, habitué à voir le soleil en face, ne s'effrayait guère de ces ombres, et reportant ses pensées sur un monde réel et plus riant, il rêvait avec délices au jour où il présenterait à la cour, cette incomparable Marguerite, cette perle de la beauté, qui semblait avoir emprunté son nom à la perle latine. Enfin, il fondait sur cette éclatante apparition, l'espoir de monter d'un degré de plus dans la faveur du maître qu'il devait trahir un jour.

Cependant le tumulte croissant indiquait
que l'heure approchait. Les valets couraient çà
et là ; les cuisines ressemblaient à un incendie;
les tables se dressaient; le chemin de la chapelle
se couvrait de fleurs, et quelques accords isolés
annonçaient l'arrivée successive des ménétriers
affamés, qui se servaient de leurs instruments
pour faire un touchant appel à la sensibilité
du maître-d'hôtel!

Cependant le majordome faisait tête à tous
les incidents, et semait son génie de tous les
côtés à la fois. Son chapeau de marin surmonté
d'une plume de vautour indiquait aux fidèles
et aux braves, le chemin de l'honneur, et il ap-
paraissait tour à tour dans les galeries, dans les
cours, dans les cuisines et dans les caves, em-
bouchant à chaque entrée la gueule de sa
gourde de cuir, semblable à un clairon qui va
dans tous les détours d'un camp sonner les
préparatifs d'une grande bataille.

La pauvre Marguerite seule était silencieuse
dans sa chambre. Elle ne pleurait plus; la
source des larmes avait tari, et à la voir pâle
et immobile au milieu des femmes étrangères
qui l'habillaient comme une madone, on l'eût
prise pour la statue de la Vierge que les filles

du Seigneur venaient couvrir de couronnes, le
jour de Pâques fleuries.

Elle ne tournait même plus les yeux pour voir
si madame Aubry ne revenait pas. Elle ne vivait
ni par la tête, ni par le cœur; elle se laissait
parer, elle se laissait marcher; son bras se levait
et se baissait; ses yeux regardaient sans voir, et
si la vie n'est autre chose que l'union intime
de la pensée et du sentiment dans une enveloppe charnelle, on peut dire que Marguerite
était morte.

Mais dans ce château naguère si vide et si
sombre, et maintenant si rempli et si tumul-
tueux, qu'est devenu le seigneur et maître?
Depuis l'heure où il s'était tout-à-coup enfui
comme devant l'ombre de Marguerite, il avait
disparu à tous les regards; personne ne s'était
inquiété de son absence, ni les valets, ni les
hommes de loi, ni le fiancé, ni le public.

Le château était présent, et cela suffisait à
tout le monde!

Le majordome lui-même, qu'un faux témoignage subtilement légalisé par le maire Aubry
et son fils, avait fait monter au faîte de la puissance, ne s'avisa de penser à son noble maître
qu'au moment où le premier coup de cloche

de la chapelle lui fit faire cette judicieuse remarque, qu'il serait peu décent de marier la
fille en l'absence du père.

William courut alors dans tous les détours
du manoir sans pouvoir découvrir le comte de
Chapstal.

Jusque là cependant il n'avait osé entrer dans
la mystérieuse retraite où l'infortunée mère de
Marguerite avait gémi si long-temps. Il devenait
évident que le comte ne pouvait s'être enfermé
que dans cette chambre, et, dans une crise aussi
pressante, le majordome dut rassembler les
éléments épars de sa bravoure maritime, pour
surmonter ses terreurs fantastiques et le trouble de sa conscience. Il s'élança donc par l'escalier secret, et arrivé à la petite porte artistement cachée dans les fresques de la muraille,
il la trouva fermée en dedans; mais elle ne
l'arrêta qu'une minute; il la souleva avec force
sur ses gonds vermoulus, et l'enleva avec la
dextérité d'un exempt habitué aux visites do-
miciliaires.

Le comte de Chapstal était au fond de l'alcôve, gisant plutôt qu'agenouillé devant un
crucifix d'ivoire. Son coude était appuyé sur
ses genoux, et sa tête reposait dans sa main.

Sur le plancher était dispersé en plusieurs
pièces, le portrait de la Marguerite dont Will-
liam avait été, jadis, l'inflexible geôlier. Le
comte était affreusement pâle, et les premiers
rayons de la lune, venant blanchir encore sa
tête chauve et ridée, lui donnaient la fantastique apparence d'un malade qu'on a cru mort,
et qu'on vient de retirer du cercueil où le bruit
des marteaux l'a brusquement réveillé.

A cet aspect, William, ce vieil écumeur des
mers, fit un pas en arrière, et peu s'en fallut
que le trouble d'une conscience ne vînt sauver
Marguerite; car si le majordome avait fui cette
chambre fatale, le comte ne se fût pas relevé
de l'espèce de léthargie où il était plongé, et,
quelques minutes plus tard, peut-être il était
mort. Mais la conscience du vénérable pirate
était dure et polie comme le rocher battu par
l'Océan, sur lequel les flots montent et des-
cendent sans cesse, que les vagues useront jusqu'à la fin du monde, mais qu'elles n'attendri-
ront jamais.

D'un coup d'œil, William jugea sa position.
Pour rendre hommage à la vérité, il faut dire
qu'un moment, il eut l'infernal désir de laisser
son maître mourir sans secours dans le lieu

même de ses anciennes débauches , et de se délivrer ainsi d'un despote capricieux et inflexible.
Mais en même temps il vit le mariage rompu ,
la main vengeresse du père André ressaisissant
l'administration des domaines avec la destinée
des deux enfants, et le chassant, lui majordome
rentré en faveur, de ce château désormais son
seul asile ; car, ainsi qu'il arrive à presque tous
les avares, les trésors que le pirate avait confiés
à un capitaliste bien connu à Londres pour sa
probité, s'étaient brusquement évanouis. Le pirate avait fait des captures , l'honnête homme
fit banqueroute. Où se réfugiera donc ce vieux
loup de mer , si vous bouchez à l'improviste la
tanière où il se cache? S'il échappe aux chas-
seurs qui parcourent jour et nuit les grèves ,
quel proie pourra-t-il saisir, lui dont les dents
tombent et dont les griffes sont usées ?

Le majordome reprit en une minute toute
son énergie , et, selon son habitude , il com-
mença par faire un long appel aux puissances
mystérieuses qui , depuis quarante ans , surgis-
saient du fond de sa gourde en globules enflam-
més, pour se répandre dans les sombres cavités
de son cerveau satanique.

Il feignit de ne point voir le comte dans la

position où la faiblesse de sa raison défaillante l'avait jeté, et courant à la fenêtre, il l'ouvrit pour répandre dans la chambre des flots d'air et de lumière, et en même temps il se penchait comme pour regarder dans la cour si ses ordres étaient exécutés. Puis il parla d'une voix calme :

— On n'attend plus que vous, monsieur le comte ; la cloche sonne, le prêtre monte à l'autel, les magistrats sont debout ; déjà la foule a mêlé dans ses vivat répétés le nom des Chapstal à celui des Châteauneuf, et, de cette fenêtre, je vois qu'on met la dernière main à l'arc de triomphe où vous devez passer au sortir de la bénédiction nuptiale, et où les plus notables d'entre vos nombreux vassaux brûlent de venir à deux genoux renouveler en vos mains leur serment de foi et hommage !

A ces flatteuses paroles, le vieillard ouvrit de grands yeux et reprit peu à peu ses esprits. Les derniers mots surtout, firent jaillir en lui les dernières étincelles d'un feu bien prêt à s'éteindre. Il se leva enfin, s'empara du crucifix, et s'avançant lentement derrière le majordome, lui fit entendre une voix à la fois si faible et si lugubre que celui-ci ne le reconnaissant plus, se

retourna brusquement pour voir qui lui parlait.

— William ! pour la dernière fois, tu vas me
répondre ! Songe à l'heure de la mort et à la
punition terrible réservée aux parjures !... Oserais-tu bien jurer sur ce Christ que Marguerite
est ma fille ?

— Plaisante question ! — dit William , prenant pour se raffermir ce ton ironique qu'il savait être tout-puissant sur l'esprit malade de
son maître.—Par Jupiter ! je le jurerais sur tous
les Christ de toutes les églises de France, sans
compter les couvents, les chambres ardentes,
les oratoires et les boudoirs !... Mais permettez
que je remette à sa place ce vieux meuble qui
me semble aussi lourd à vos débiles mains que
léger à une conscience vraiment forte !

Et en même temps William allait replacer le
crucifix dans l'alcôve, secrètement heureux,
malgré le cynisme de ses paroles, de n'avoir
pas à jurer sur l'image du Christ, vénérée par
les pirates eux-mêmes et redoutée par les plus
grands criminels.

— Tu m'as laissé trop long-temps seul, mon
pauvre William ; je suis si faible depuis quelques années, et surtout depuis ce terrible nau-

frage !..... Ce matin encore, une apparition.....
Soutiens-moi, William.... tout-à-l'heure mes
forces reviendront... et Marguerite...

— Toujours Marguerite! En vérité, ces petites comtesses élevées dans les champs vous
glissent dans les mains comme des anguilles
qu'on retire d'un marécage bourbeux pour les
jeter dans une eau limpide !... Voyons, qu'a-t-
elle encore fait, votre Marguerite? elle aura
pleuré, gémi, soupiré? La nuit des noces n'est
pas encore passée, elle est dans ses droits...
c'est d'usage et de bon ton !

— Tu sais que j'ai empêché Marguerite d'habiter cette chambre où nous sommes, et où
l'autre... car c'est nous qui avons causé sa mort,
William !...

— D'une manière bien indirecte, monsieur
le comte! Je connais quantité de femmes de
haut lignage qui seraient bien aises de mourir
tous les jours à ce prix-là !

— Silence, malheureux! ne tente pas la colère du ciel !..... écoute ce qui m'est arrivé : Dès
que je fus entré dans la retraite de celle... que
tu jures être ma fille, je crus voir la chambre
de l'autre... je crus même reconnaître cette alcôve où elle s'est blottie pendant un jour en-

tier, et ces tentures où l'infortunée a si souvent essayé de se briser la tête... Et moi, misérable, je souriais alors de son impuissance!
Tout-à-coup la Marguerite de la métairie se
lève sur ses genoux et avec un sourire glacé
me répète ces paroles de ma victime, lorsque
je lui annonçai que, la nuit même, j'em-
ploierais la violence si elle me résistait encore : A ce soir, monsieur le comte!!..... Un
tremblement général me saisit, je regarde ma
fille, et je reconnais... qui?... l'autre Marguerite!!... William, je le confesse : j'ai eu peur...
j'ai crié : Grâce! L'ombre m'a poursuivi dans
l'escalier, et, ô justice du ciel! moi qui fuyais
cette chambre vengeresse, et qui cherchais un
refuge contre ces visions terribles, je me suis
jeté, sans le savoir, dans le lieu même du crime,
dans la chambre de la pauvre mère, dans cette
alcôve où j'ai étouffé ses cris et dévoré ses sanglots, devant ce Christ qu'elle appelait en vain
au secours de son honneur, et qui répond, aujourd'hui!!... Là, je suis tombé à genoux; l'ombre de Marguerite m'avait suivi... c'était bien
elle!.... Ses yeux fixes et brillants..... son sourire affreux!.... sa pâleur mortelle... ses lèvres

blanches et desséchées..... Ah!!... la voilà!! la voilà!!

— Mais où donc?

— ....Pitié pour moi, William, je croyais la voir encore!

— Pure vision, monsieur le comte! dans mes voyages j'en ai vu bien d'autres!..... Combien de fois les braves marins qui m'accompagnaient dans un navire léger rasant la côte éclairée par la lune, ne m'ont-ils pas appelé sur le pont pour me montrer un arbre mort qu'ils prenaient pour une potence plantée sur le sable!... Pure vision, monsieur le comte!

— Eh bien! appelleras-tu encore ceci une vision? dit Chapstal en ramassant sur le plancher les fragments du portrait de la victime, qu'il essayait de rassembler dans ses mains amaigries et tremblantes; — regarde cette figure, et demande pardon à Dieu!... Ne dirait-on pas que cette Marguerite est la mère de l'autre?

— Vous trouvez que cela lui ressemble? Sans doute Votre Grâce veut éprouver l'humble science de son fidèle majordome?..... Cela ressemble à notre jeune et belle fiancée comme je ressemble au Charles-Quint de la grande salle, lequel, depuis deux siècles, se tient à

cheval avec une constance de tous les diables!
Allons! que Votre Seigneurie ne se gêne pas,
puisqu'elle est en verve; si elle désire que je
ressemble à Robespierre ou à Pie VII, qu'elle
dise un mot; cela lui sera plus facile que de
faire ressembler notre blanche colombe à ce
portrait vermoulu que les rats du château ont
eu le bon goût de ronger jusqu'aux œuvres
vives!

— Eh bien! que le ciel ait pitié de moi,
car dans ce portrait vengeur je vois à la
fois les deux Marguerite! William, quel présage!

— Si Votre Grâce me laissait faire.....

— Que ferais-tu?

— Je jetterais tout simplement le présage
par la fenêtre!

— Malheureux! tu appelles sur nos têtes la
vengeance de Dieu!

— Je n'appelle qu'une chose, monsieur le
comte, le moment où vous vous déciderez à
descendre. Je crains que le public ne s'impa-
tiente à nous attendre dans la grande salle, et
que l'état civil et le clergé ne s'en aillent avant
le mariage... Quelque chose me dit qu'ils seraient déjà partis s'ils n'avaient vu, en entrant,

la table du banquet, et s'ils n'étaient retenus
sur place par une puissance invincible : l'odeur
qui s'échappe des cuisines! Il est temps, monsieur le comte, que vous fassiez votre entrée
solennelle. Que deviendrait l'éclat de votre
nom? que dirait de vous la rumeur publique
si elle apprenait vos hésitations et vos scrupules? Elle dirait que l'exil et le malheur ont usé
en vous l'énergie héréditaire des Chapstal, et
que, par votre faiblesse, vous exposez ce beau
nom à s'évanouir avec le dernier souffle de
votre unique héritière... Et moi qui oubliais!...
A quoi songeais-je donc? J'ai fait circuler...
c'est-à-dire j'ai entendu circuler, dans la foule,
le bruit que le chef de l'empire venait de vous
nommer baron.

— Mais je suis comte légitime!

— Raison de plus! si vous perdez un titre,
vous aurez l'autre sous la main!..... On disait
aussi que vous alliez être nommé membre du
sénat...

— Serait-il possible? s'écria Chapstal en se
redressant tout-à-coup; Sa Majesté m'appelle-
rait à la garde des constitutions de l'empire?
Eh bien, William! puisque cette grande voix
nous appelle, marchons!!

Le vieillard voulut faire un pas en avant,
mais il trébucha, et sa main n'osait plus quitter l'épaule du majordome.

— Soyons fermes, mille pirates! Encore un
effort, monsieur le comte!... Hâtons-nous d'aller accomplir ce mariage si glorieux pour deux
illustres maisons; que Votre Seigneurie ne
craigne pas de s'appuyer sur moi; je suis aussi
inébranlable qu'un roc! si les André et les
Georges nous font obstacle, nous les chasse-
rons de la plage, comme un coup de vent emporte les mouettes!..... ou bien nous rendrons
une bonne ordonnance qui les expulsera des
Pyrénées comme bêtes nuisibles!

— Crois-tu, majordome, que j'en aurais le
droit?

— En voilà d'une autre! L'évêque de Va-
lence n'a-t-il pas jadis appelé les chenilles devant son tribunal, et après leur avoir nommé
un défenseur d'office, ne les a-t-il pas, dans un
bon et solide jugement, bannies à tout jamais
de son diocèse épiscopal?

— Mais où trouves-tu donc, bienheureux
corsaire, cette insoucieuse gaieté qui, malgré
moi, se communique à mes esprits?

— Au fond de deux choses bien vénérables,

monseigneur : d'abord dans une conscience
pure, et ensuite dans le fond de cette gourde,
ma compagne inséparable, car elle et moi nous
avons fait trois fois le tour du monde, l'un
portant l'autre !

— C'en est fait ! ! ! s'écria le vieux Chapstal
ouvrant des yeux égarés ; je m'abandonne à toi
pour jamais ! Désormais nous vivrons ensemble ;
nous ne nous quitterons plus. Tu cesses dès à
présent d'être mon majordome, et je te fais mon
ami ! Tu seras mon conseiller intime, mon guide,
mon appui, mon compagnon ; nous irons ensemble aux aventures, ou plutôt nous les ferons venir ici, car nous avons de l'or, William !
Pendant le jour tu seras continuellement auprès de moi, et je renverrai mon valet de chambre pour être seul avec toi ; et si, la nuit, mes
terreurs reviennent, je ferai mettre ton lit près
du mien ; et quand viendront les remords, tu
me diras comment on les chasse, toi qu'ils
n'ont jamais pu surprendre..... Oui, c'en est
fait ! et pour sceller cette alliance éternelle,
donne-moi ta gourde, que j'y puise à la fois
ton insouciance, ta force et ton âpre gaieté !

— Buvez, monseigneur, buvez ! ma fidèle
maîtresse est à moitié vide, mais elle contient

encore dans ses entrailles brûlantes de l'oubli
pour une nuit tout entière... Rassurez-vous,
monsieur le comte, chaque matin votre fidèle
William se charge de vous la remplir!

Et le malheureux vieillard, saisissant de ses
deux mains tremblantes l'énorme gourde qui
sentait le goudron, l'approcha de ses lèvres, où
il avait peine à la fixer, puis la vidant d'un trait,
il la jeta sur le plancher.

Soudain ses yeux brillèrent d'un sinistre éclat;
sa bouche, s'ouvrant à demi dans une sorte de
sourire permanent, laissa voir une seule dent
longue et aiguë, et dans cette figure usée par
les passions, la misère et le temps, il se fit un
affreux et subit mélange du feu du jeune âge
et des glaces de la vieillesse, des teintes de la
santé et de la pâleur de la mort.

Le majordome lui-même en fut tellement
épouvanté, qu'il regardait son maître d'un air
sombre, et sans oser dire une seule parole.
Enfin, le comte de Chapstal, dont les yeux s'en-
flammaient de plus en plus, partit d'un long
éclat de rire...,

— Vive Dieu! puissant chimiste, ta liqueur
est merveilleuse! Elle contient sans doute un de
ces philtres que, durant les nuits d'orage, tu

composes avec Satan dans le fond de tes arse-
naux souterrains. Voici que je me sens jeune
et vigoureux, comme si la main d'une sirène
m'avait plongé dans la fontaine de Jouvence!...
Par Vénus! que n'est-ce donc aussi le jour de
mes noces!!

— Le plus puissant des chimistes, monseigneur, c'est le soleil qui chauffe tout à la fois
de ses rayons généreux les vallons de la Bourgogne et les montagnes de l'Andalousie; il
y a encore dans les caves du château quelque
vieille barrique pleine d'un philtre qui ne le
cède en rien à la fontaine de Jouvence; celle-ci ne
sait que rajeunir, tandis qu'avec l'autre on est
jeune et vieux tout ensemble! La force et l'expérience, la jouissance du novice et la volupté
du vieillard sont mêlés avec l'oubli dans le fond
de ma gourde féconde!

— Tu dis vrai, magicien incomparable! La
vigueur et la ruse, le génie et la volonté, la
chaleur et la joie, l'oubli du passé et le réveil
mystérieux des voluptés endormies, voilà les
merveilles que tu viens de me faire boire!!

— Je le crois bien! vous avez bu à même
de la plus simple expression des spiritueux ca-
talans, à laquelle j'ai mêlé certain breuvage

composé pour les grandes circonstances, et
dont le secret mourra avec William. Ainsi donc,
monseigneur, il faut profiter de ce noble élan ;
il n'y a plus une minute à perdre ; ceignez cette
épée, prenez ce chapeau, et descendez dans la
grande salle où les fiancés vous attendent avec
autant d'impatience qu'ils attendront ensuite
la nuit prête à descendre sur leurs amours!

— Bien dit, majordome! Par Saturne! je
brûle de rejoindre mes enfants et de les dévorer de caresses!!... Mais comment veux-tu que
j'assujettisse cette ceinture? ne vois - tu pas
qu'elle est trop grande des trois quarts? De
par le diable! William, je suis plus mince
qu'un fantôme!........ Écoute au peu si je respire?

— Allons donc! est-ce au poids que le génie
se pèse? Tenez, j'en fais deux morceaux, de la
ceinture! elle va être trop étroite à présent.....
Mais non; justes Dieux! Vous entrez là-dedans
comme le doigt d'une jeune fille dans la bague
de son père!

— Et ce chapeau, noble William, est-ce le
mien?

— Ce doit être le vôtre, monseigneur, car
depuis seize ans il n'a pas quitté ce fauteuil.

— Est-ce un rêve? il me tombe sur les yeux.... n'ai-je plus de crâne?... Voilà pourtant ma tête!

— Tenez votre chapeau à la main, et marchons, monsieur le comte!

— Marchons! monsieur de William, je vous fais mon premier ministre!... veillez à ce qu'on me suive à distance respectueuse... et qu'on ne marche pas sur la queue de mon manteau.... car je suis le seigneur de tous les domaines, et le roi de toutes les nations!..... Qu'on ouvre cette foule et que le peuple se mette à genoux sur mon passage!..... qu'on coupe la tête à ces manants pour qu'ils s'inclinent!

— Descendez donc, sire, la foule est ouverte et le passage est libre; la cloche sonne et l'autel vous attend...

— Ma noble fiancée est-elle arrivée?.. Descendons... madame, voici ma main...

— Rappelez vos esprits, mon noble maître, dit William effrayé; n'oubliez pas que vous mariez votre fille Marguerite de Chapstal avec M. le vicomte de Châteauneuf..... Diable, ceci est important, monsieur le comte!

— C'est vrai...... je délire, et pourtant je me souviens encore!... Hâtons-nous de descendre...

dans une heure il ne serait plus temps...... Hâtons-nous, te dis-je; je veux monter à l'autel,
et leur donner la bénédiction nuptiale de mes
propres mains!...

Et en disant ces paroles, le vieux Chapstal
étendit les bras devant lui, et s'élança dans l'escalier.

Le majordome resta une minute immobile
et frappé de stupeur; puis regardant descendre
ce vieillard débile dont l'ombre fantastique
s'allongeait sur les murailles, il murmura entre
les dents :

— Puissances du ciel!! n'est-ce pas l'ombre
de la mort qui descend pour présider à des fiançailles?...

XXVI

LES FIANÇAILLES.

« Cette âme tomba dans une nuit profonde. »

Cependant, dans la grande salle, le long silence de l'attente n'avait été interrompu que par quelques causeries à voix basse, entremêlées de murmures d'impatience. Toutes les têtes étaient tournées vers la porte d'honneur, qui devait s'ouvrir devant les fiancés.

L'aîné des Aubry, ce profond jurisconsulte qui avait rédigé l'acte de reconnaissance, pré-

cédé de la déclaration circonstanciée du fameux
témoin oculaire, lançait de singuliers regards
à son vénérable frère, devenu chanoine du chapitre de P***, et l'ex-receveur des gabelles
échangeait avec l'ancien bailli les suppositions
les plus profondes.

— Je crains bien, disait le vieux juge, qu'un
empêchement dirimant au mariage ne nous
tombe tout-à-coup du ciel, ou ne nous monte
de l'enfer. Le maître du castel est invisible; le
fiancé est perdu dans les statues féodales; la
fiancée, dit-on, a répandu assez de larmes pour
rendre la rivière de Montperdu navigable; les
chiens hurlent comme des loups, et il n'est pas
jusqu'à la cloche de la chapelle qui ne s'avise
de prendre un ton nasillard, comme pour jeter
ses gémissements ironiques sur la sainte cérémonie qu'elle annonce. Savez-vous, estimable
receveur, qu'une rupture éclatante aurait ceci
de fâcheux pour la morale publique et le respect dû aux lois, que les magistrats seraient
obligés de partir sans dîner?

— Vous parlez comme un livre à souche, vénérable bailli! on ne doit pas ainsi se jouer de
la patience des fonctionnaires publics à jeûn,
et le scandale dont vous parlez serait d'autant

plus grand, que le fisc y perdrait les droits
d'enregistrement et le décime de guerre, ce
qui imprimerait à cette partie de l'administration financière une fluctuation telle, qu'elle at-
teindrait les misérables droits proportionnels
de votre humble serviteur, lequel n'en aurait
pas moins que vous le désagrément de s'en aller sans dîner.

— C'est abominable! dit l'aîné des Aubry;
on ne se joue pas ainsi d'un officier ministé-
riel dans l'exercice de ses fonctions! Il y a deux
heures que je porte sur mes deux jambes l'es-
tomac le plus creux des Basses-Pyrénées! Pren-
nent-ils un tabellion, que dis-je? un notaire,
pour un bedeau de cathédrale?

— Mon très cher frère, dit le chanoine;
je crois que vous seriez un mauvais pénitent, et
assez mal organisé pour subir le fameux jeûne
de quarante jours et quarante nuits dans le désert.

— Vous n'allez qu'à l'aise, vénérable pré-
lat! répondit l'homme de loi; vous n'entrez
jamais au chapitre sans avoir tranché dans le
vif, et introduit votre bouteille de vin d'Espagne!

— Serait-il bien prudent, fit observer le
juge, que monsieur le chanoine sortît sans ar-

mes ni bagages pour combattre monsieur Satan, lequel est un drôle armé de toutes pièces?

— Laissons là Satan, qui est noir comme tous les diables, et parlons de la gracieuse Vénus, qui est blanche comme elle-même et belle comme Marguerite! Pensez-vous que cette sensible déesse parviendra à faire célébrer les doux mystères du sacrifice?... Autrement dit, pour me mettre à la portée de toutes les intelligences : le mariage se fera-t-il, ou ne se fera-t-il pas?

— Entendons-nous, poétique receveur, répondit le notaire : il se fera, et il ne se fera pas !

— Une explication ne serait pas déplacée, dit une voix.

— La voici : le mariage légal ne peut manquer d'avoir lieu, car le silence de mademoiselle de Chapstal lorsque je lui ai demandé ses ordres pour la rédaction du contrat, peut être rigoureusement considéré comme une adhésion tacite; il ne manque donc plus que la signature; et dès que je lui aurai mis cette plume à la main, il faudra bien que la fiancée signe!

— Alors je ne comprends plus rien à votre distinction, reprit le chanoine, qui n'avait encore rien compris du tout, malheur qu'il par-

tageait avec l'auditoire; dès que l'union légale
est scellée, pourquoi doutez-vous que l'union
religieuse s'accomplisse? Quel scandale si cela
ne se passe pas ainsi! et bon gré mal gré, du
moment que je parviens à lui passer l'anneau
nuptial, ils seront mariés jusqu'au dernier
soupir!

— Et jusqu'à la dernière extrémité! dit le
receveur.

— Mais tout ne sera pas consommé, reprit
l'obstiné notaire; le véritable mariage sera-t-il
accompli? Il est possible que mon frère le chanoine lui donne la bénédiction nuptiale de la
même manière que je vais lui faire signer un
acte en bonne et due forme; à chacun ses at-
tributions; mais cela aura-t-il fait atteindre les
fins du mariage, *fines matrimonii*, puisqu'il
faut s'expliquer clairement? Or, j'ai l'honneur
de vous répéter que j'ai vu, il y a une heure,
mademoiselle de Chapstal; elle était plus blanche que son voile, et si ses lèvres ont remué
pour me répondre, je jure, foi de tabellion,
qu'aucun son n'est parvenu à mes oreilles. Il
est notoire qu'elle mourra *ante fines matrimonii*, ce qui veut dire, messieurs : avant la nuit
des noces.

— Les jeunes filles du siècle sont bien ca-

pricieuses, dit le juge; dans notre bon vieux
temps, il aurait fallu voir une fille s'aviser de
pâlir, de s'évanouir, et surtout de ne pas répondre sur-le-champ à un magistrat en exercice!
En bonne jurisprudence, l'enfant ne devrait
être regardé que comme un meuble qui reste
au dernier survivant; cette maudite révolution
s'est introduite jusque dans le cœur des jeunes
filles!

— Pourvu qu'elle ne s'introduise pas dans le
dîner! s'écria le garde-chasse, en *introduisant*
tout-à-coup sa longue figure dans le cercle de
la conversation. Imaginez, chers compagnons,
que je cours la forêt depuis l'aurore pour tirer
un damné chevreuil, lequel, et je vous dis ceci
dans l'intention de dissiper vos alarmes, vient
d'être empalé, autrement dit mis à la broche
en ma présence. J'arrive donc avec une faim
criminelle, si bien que j'entends mes dents cla-
quer, mes guêtres de cuir trembler, sans oublier une sueur froide qui me monte dans les
cheveux.

— J'ai une observation à faire qui coupera
court à cette interminable querelle, dit le receveur en sortant d'une profonde méditation,
pour renouveler une discussion à laquelle personne ne pensait plus : si le notaire est certain

de passer le contrat, et le prêtre l'anneau, il me semble que cela pourra constituer un bel et bon mariage; quant aux *fines matrimonii*, elles ne sont malheureusement pas de notre compétence, ce que je regrette pour ma part; mais d'abord qu'il y a assez de mariage pour qu'on puisse décemment se mettre à table, je suis content, car, une fois arrivé là, nulle puissance humaine ne pourra m'empêcher de dîner!

— Pour moi, reprit le garde-chasse, une seule chose pourra me faire quitter le dîner.

— Laquelle? laquelle? demanda-t-on de tous côtés.

— Le souper!

— Mais si l'on ne dîne pas, comment souperez-vous? riposta le receveur.

— Je le déclare ici, répondit le garde-chasse avec un accent de profonde détermination, si le mariage ne s'accomplit pas assez pour qu'on se mette à table, j'emporte mon chevreuil et je le dévore en chemin!

— Je ferai route avec vous! s'écria le vieux juge avec enthousiasme.

— Messieurs, dit dans la foule une voix inconnue qui semblait partir du sol, pensez-vous qu'il soit possible à un honnête tabellion d'ac-

cepter la signature d'une pauvre fille dont la
pâleur annonce la contrainte et la mort? et le
vertueux chanoine ici présent ne craindrait-il
point la colère de Dieu, s'il bénissait un cadavre sous le voile d'une fiancée?

— Qui ose parler ainsi? dit le notaire en
lançant sur la foule un regard irrité.

— Je n'en sais rien, répondit le garde-chasse,
mais je regardais précisément de ce côté, et je
jure par saint Hubert qu'aucune bouche ne
s'est ouverte pour prononcer cette belle ti-
rade. En conséquence ce ne peut être que le
diable qui...

— Ange ou diable, reprit le notaire Aubry,
il nous soumet un scrupule original! Le magistrat est-il forcé de distinguer, sur la figure
des futurs époux, entre l'émotion et la douleur?
Que ne charge-t-on le chirurgien du contrat, et
le médecin du mariage?

— Un médecin pour dire la messe!

— Deux officiers de santé pour la servir!

— Faire de la mairie une pharmacie!

— De l'église un hôpital!

— Et de la conscience un lieu immonde!! dit
encore la voix inconnue.

— Silence, messieurs! cria le vieux juge au
milieu du cercle stupéfait, — si je n'y mets

bon ordre, vous discuterez jusqu'à demain.
Dans ces crises sociales il est bon que l'impassible interprète de la loi fasse entendre sa parole. Soyons brefs et méthodiques : j'estime
qu'après avoir consulté les lois qui régissent la
matière d'une part : la loi des douze tables qui
donnait au père droit de vie ou de mort sur son
enfant, et qui ne dit pas un mot de la mère,
attendu que celle-ci n'a aucune puissance *sui
juris*, et remarquez que je ne parle ici que
des enfants issus *justis nuptiis* et non des *spu-
rii*; et d'autre part: la loi *fusia-caninia*, qui est
de l'an de Rome 752 ou 62, je dis bien, 52,
car je me rappelle qu'elle est du consulat de
Fusius Camillus et bien antérieure au Code
Justinien; sans oublier, en outre, de faire la
part qui revient à l'esprit des lois plus anciennes (car je me défie, en matière de législation,
comme en toutes choses, d'un progrès qui ne
peut tendre qu'à s'écarter de la loi naturelle),
notamment des lois *Théodosiennes*, et même,
en remontant de quelques siècles, aux tendan-
ces du *Breviarium Alaricianum* que nous a
laissé ce bon *Alaric*; j'estime, dis-je, que l'enfant ne doit avoir une volonté à lui que quand
le mariage est accompli, c'est-à-dire au moment même où il ne peut plus rester célibataire.

Ce qui est d'autant plus sage de la part du législateur, que par ce moyen ingénieux il force,
autant qu'il est en lui, la multiplication des
races, selon la grande maxime : *Crescite et mul-
tiplicamini*; d'où il résulte évidemment que la
belle Marguerite de Chapstal devrait se hâter
de contribuer, pour sa quote-part, à ladite multiplication, et ne pas retarder plus long-temps
la cérémonie nuptiale...

— Et le dîner! ajouta l'obstiné garde-chasse
qui jeûnait dans une idée fixe. Ouf! ajouta-t-il
avec un profond soupir, tous vos Justiniens et
vos Alariciens m'ont creusé tellement l'esto-
mac, que si je les avais là je crois que je les
dévorerais tout vivants!

— Silence!!.... dit le chanoine à voix basse,
voici la porte qui s'ouvre!....... Mes frères, re-
cueillons nos âmes; une sainte cérémonie va
commencer.

— Mille carabines! dit le garde-chasse, quel
est le spectre qui donne la main à la jeune
fille? Monsieur le curé, je me mets sous votre
soutane! Avez-vous de l'eau bénite?

— Est-ce bien là notre ancien seigneur le
pauvre comte de Chapstal? dit un vieux paysan
en passant la main sur ses yeux.

— Il faut bien que ce soit lui, répondit un autre, puisqu'il conduit la fiancée.

— Les jeûnes et les mortifications l'auront bien changé, murmura le chanoine, car, aussi vrai que Jésus est mort sur la croix, on dirait un cadavre qui marche !

— Dites plutôt le diable ! répondit le garde-chasse. Ses yeux sont deux flammes ; ses bras semblent menacer l'assemblée, et voilà des doigts qui peuvent honnêtement passer pour des griffes !

— Au nom du ciel, forestier, baissez la voix, on pourrait nous entendre, et le comte a l'air plus sombre qu'il ne le faut pour notre sûreté !

— Tout ceci annonce une catastrophe, reprit le garde-chasse ; j'ai vu, la nuit dernière, ces deux yeux-là reluire dans un buisson !...

— Il est notoire, dit le juge à demi-voix, que n'était le respect dû aux lois qui honorent le chef de famille quelle que soit sa tournure, je dirais que M. le comte de Chapstal arrive dans cette noble assemblée avec une démarche aussi indécente que fantastique !

— Que saint Hubert nous protège ! dit encore le forestier ; regardez donc ce voile qui traîne sur le plancher, et qui est surmonté

d'une couronne de roses blanches... il avance
tout d'une pièce comme une sainte Vierge sur
des tréteaux..... dirait-on pas que la mort elle-
même marche là-dessous?

— Miséricorde! murmura le chanoine en joi-
gnant les mains ; on dirait le Temps conduisant
la Mort à l'autel de l'Hyménée!

— Silence donc!! cria le notaire Aubry
en relevant ses lunettes pour foudroyer les in-
terrupteurs d'un regard terrible; nous ferez-
vous grâce, messieurs, de vos spectres et de
vos ombres? Diable! les affaires avant tout!

— Cet Aubry-là a toujours été l'esprit fort
de la famille.

— Et le chanoine donc?

— Holà, regardez le fiancé qui arrive par-
derrière!

— Est-ce qu'il va commettre un crime?

— On dirait le condamné qui marche au
supplice!

— Dites le bourreau!

— Chut! les voilà en présence!

— Ils sont aux prises!

— Le notaire prend la parole, la victime va
entendre son arrêt!

— Ils vont la tuer ; mais le sang ne coulera
pas! dit la voix inconnue.

— Avant que M. le maire procède à la célébration du mariage , dit enfin le notaire d'une voix grave, voici, monsieur le comte, les dispositions que j'ai rédigées en votre absence :
« Ont comparu très haut et très puissant sei-
» gneur, noble comte de Chapstal, vicomte de
» Mauléon, vidame de Saint-Jean , seigneur de
» Montperdu et autres lieux, chevalier de la
» couronne de fer, de la toison d'or, et mar-
» guillier de la paroisse de... »

En cet instant, celle qui remplissait les fonctions de dame d'honneur, releva le voile qui couvrait la tête de la fiancée , et le notaire levant involontairement les yeux sur ce visage affreusement pâle , dont le regard inanimé était fixé sur le sien, fut saisi tout-à-coup d'une terreur si singulière qu'il s'efforçait en vain de reprendre sa lecture, car malgré lui ses yeux retombaient sur la figure de la pauvre Marguerite.

« Marguillier de la paroisse de... — Mais pourquoi me regarder ainsi, mademoiselle ? ce sont les formules ordinaires, et...

— Par le diable ! murmurait le majordome épouvanté de cet incident, épelez, tabellion , si vous ne savez pas lire !

« .....Marguillier de la paroisse de.... — Mais voyez donc, messieurs, comme elle me regarde !!..... »

Marguerite n'entendait rien et regardait toujours.

— Mais parlez donc, monsieur le comte!
disait William en tirant secrètement le vieux
Chapstal par l'habit. C'est à vous d'ordonner
au notaire de passer outre.....

— De quoi s'agit-il? dit le comte ouvrant
de grands yeux; qu'on parle! qu'on s'explique!
je veux rendre justice à tout le monde!

— Tabellion! cria le majordome en frappant
du pied, monsieur le comte vous ordonne de
passer outre!

— Qui méconnaît ici mes ordres souverains?
William, aide-moi à tirer mon épée!

— Monsieur le notaire, dit William en adou-
cissant sa voix, mademoiselle de Chapstal me
charge de vous prier de continuer la lecture...

— C'est différent... je ne pouvais me dis-
penser de lire les dispositions qu'on doit signer...
mais du moment que mademoiselle...... « ......
de ladite paroisse; et d'autre part : très haut et
très puissant seigneur, baron de Châteauneuf,
seigneur de..... » Majordome, j'avoue que c'est
une faiblesse de ma part, mais si cela ne fait
rien, priez mademoiselle de baisser son voile!...

En ce moment une femme ouvrant la foule,
arriva derrière Marguerite, à qui elle donna

le parchemin de Georges; mais l'infortunée ouvrit la main, et le laissa tomber sans même
s'apercevoir de sa chute. Madame Aubry le
ramassa aussitôt, et le lui pressa avec force
dans la main en lui disant à l'oreille : — J'arrive trop tard! Lisez au moins cet adieu de
Georges! A ce nom, la malheureuse enfant
poussa un cri si aigu, qu'il jeta l'assemblée et
William lui-même dans un grand trouble. Le
comte de Chapstal seul restait fièrement debout et la tête levée, comme s'il entendait toujours la lecture du contrat.

— Ceci n'est rien, dit enfin le majordome
en feignant d'arranger le voile de la fiancée, et
en promenant sur l'assemblée un singulier sourire : — Ces femmes maladroites sont cause
de tout avec leurs longues épingles! Heureusement ce n'est qu'une piqûre..... Tabellion,
votre lecture est entendue; faites signer.....
Mais commencez donc par la future!

Pendant ce temps, Marguerite avait repris
peu à peu du courage, sinon toute sa raison;
elle ouvrit le parchemin de Georges, et y lut
ces seuls mots :

« Adieu, Marguerite! je vous aime, je vous
» pardonne, et je meurs! »

— Te dépêcheras-tu, chien d'Aubry? criait

sourdement William, qui ne pouvait plus con-
tenir sa rage ; ne vois-tu pas, misérable, qu'elle
va s'évanouir?

— Mademoiselle, répétait le notaire, voici
la plume... daignez signer !

Par un mouvement machinal, Marguerite
la prit et fit un pas en avant ; mais à l'instant
sa main s'ouvrit encore, et la plume tomba.
William se hâta de la ramasser en disant : —
Mais signez donc, mademoiselle ! tout le monde
vous regarde..... votre père vous fait des yeux
terribles !.... Signez !.... signez !

— Jamais ! ! ! s'écria la jeune fille d'une voix
éclatante : vous ne savez donc pas qu'il se
meurt ? Et elle montrait le parchemin à l'assemblée, comme si celle-ci eût pu lire et comprendre le dernier adieu de Georges.

— Ne signez pas, mademoiselle !..... dit la
voix inconnue. Et cette fois on put voir le pauvre Jérôme, le vieux mendiant de la métairie
qui avait donné sa chèvre blanche à Marguerite... Et le vieillard reconnaissant joignait les
mains, et criait d'une voix étouffée : Ne signez
pas ! ne signez pas !

En ce moment le comte égaré avança, et saisit Marguerite par le bras...

— Vous me faites mal!..... disait la pauvre
enfant.... Mon Dieu! vous me faites mal!!

— Monsieur le comte! monsieur le comte!!
s'écriaient à la fois tous les assistants.

Troublé par cette clameur, Chapstal lâcha
enfin Marguerite, qui, égarée par le désespoir
ou inspirée par l'amour, étendit la main sur la
foule, comme pour lui ordonner de s'ouvrir.

Tout le monde était ému de pitié, et chacun
se serra pour faire place à la fugitive; mais, ô
terreur! Marguerite s'élança par une fenêtre
ouverte, qui heureusement n'était que très peu
élevée, sur la cour d'honneur.

Le comte de Chapstal, à qui la colère, et
plus encore l'ivresse, donnaient une force au-
dessus de son âge, tira son épée, et s'élança sur
les traces de Marguerite avant qu'aucun assis-
tant eût songé à le retenir, et bientôt on cessa
d'entendre le bruit de leurs pas. L'assemblée
entière resta immobile et silencieuse. William
lui-même semblait cloué à sa place : sa tête était
baissée, et il rongeait son gant avec tant de
rage, qu'il avait dénudé un doigt. Le chanoine
s'était mis à genoux, et récitait une prière.

Ce long silence ne fut d'abord interrompu
que par le galop d'un cheval qui emportait
dans la campagne le lâche Châteauneuf.

Quelques minutes après on reconnut la voix du fermier Aubry qui criait dans la cour :

— Sainte Vierge du bon Dieu! il poursuit sa fille dans tous les détours du château !..... Il la tuera!..... il la tuera!.....

A ces cris William se réveilla enfin , et il s'é-lançait à son tour sur les traces de Chapstal, lorsqu'il se heurta contre le garde-chasse , qui raccourait dans la salle tout essoufflé et en criant : — J'ai vu par la poterne deux ombres tomber d'en-haut....... De par tous les diables! je crois que le père et la fille viennent de se jeter en bas des remparts!!!

XXVII

LA RÉPONSE DE DIEU.

« Respicite et levate capita vestra. »

Jésus.

André s'était agenouillé sur le lit de foin où Georges venait d'échapper à un accès de folie pour retomber dans une faiblesse plus dangereuse encore.

— Georges! mon enfant! réponds-moi : où souffres-tu?

— Je ne souffre pas, mon père; je me sens mourir.

— Dis au moins à ton père André ce que tu éprouves.

— Comment le dire? Il y a en moi une douleur qui rend mon cœur si plein et mon âme si légère, qu'il me semble que l'un va tomber, et l'autre s'envoler...

— Je la connais, cette âme! elle ne voudra pas abandonner sur la terre un pauvre vieillard qui n'a vécu que pour elle.

— T'abandonner? jamais! mais je connais aussi André; si je meurs, il mourra.

— Et si j'allais ne pas mourir?

— O mon Dieu!..... ne me dis pas cela..... tu ne me sauverais pas, et ma fin serait une agonie.

— Tâche de prendre courage, Georges; tâche de vivre....... car peut-être ne te suivrai-je pas.

—Que ferais-tu donc tout seul dans ce monde où le cœur use l'âme ?

— Je n'y serai pas seul, tant que vivra Marguerite!....... Je ne sais si Dieu permettra que l'amour de l'enfant soit mortel, mais j'espère qu'il n'en sera point ainsi de l'amour du vieillard.

— Tu te trompes, André; ce n'est pas l'amour qui m'affaiblit peu à peu et m'attire si

jeune dans la tombe : c'est la tendresse..... Oh!
qu'elle me fait bien et mal tout ensemble, cette
tendresse limpide et subtile qui se glisse en moi,
qui réunit et concentre dans mon âme pour
Marguerite, les divines émanations des affections les plus tendres et les plus pures!... Qui
n'aime pas d'amour ici-bas? c'est si facile et si
doux, aimer! L'amour arrive si vite que vous
sentez toutes vos veines vous le conduire dans
le cœur! mais combien faut-il de nuits, d'années, de souffrances et de larmes, pour sentir
enfin la tendresse couler et déborder dans les
sources mêmes de la sensibilité et de l'amour!
Tant que je n'ai aimé Marguerite que d'amour,
je riais, je courais, je boudais, et je l'aimais;
mais le jour où la tendresse est descendue en
moi, j'ai tremblé et j'ai rougi de moi-même,
car j'ai cru un moment que j'allais ne plus t'aimer, ô bon André! Ce que je ressentais pour
toi, pour madame Aubry, pour les pauvres et
pour Dieu, tout cela se détachait de mon cœur
et s'en allait peu à peu à Marguerite! De la
tendresse, André? mon âme en est pleine, et je
sens couler partout en moi ce poison doux et
suave dont on finit par mourir....... N'as-tu pas
dit souvent qu'à l'heure suprême l'homme a
quelquefois des paroles divines et des accents

célestes, qui sont comme une flamme diaphane
et pure qui échauffe et éclaire tout à la fois?
Eh bien! mon père, moi qui te dépeindrais
si bien l'amour, je sens qu'il n'est pas de paroles en moi qui puissent te donner une idée
de ma tendresse pour Marguerite!... L'absence,
le dépit, la fierté et le temps peuvent éteindre
l'amour, car c'est une flamme; mais la tendresse, la mort seule peut l'éteindre, car c'est
la vie!

Veux-tu que je te dise ce que mon amour
aimait dans Marguerite? Ses yeux, ses mains,
sa bouche, les ombres de son cou; sa ceinture
à presser, ses cheveux à mouiller de mon haleine, ses pieds à baiser; toute la jeune fille à
désirer et à vaincre! Mais avec ma tendresse
j'aime Marguerite comme je l'aimerais encore
si j'étais aveugle, puisque je l'ai vue une fois!
C'est ma sœur, ma fille, mon amie, ma petite
femme; c'est le son de sa voix, le bruit de ses
pas, sa main que j'embrasse en dedans et qui se
ferme pour emprisonner mes lèvres; c'est sa fuite
quand je l'appelle et son dépit quand je me tais;
son humeur quand je la suis, et son chagrin
quand je la quitte; ses rires quand je pleure,
et ses pleurs quand je ris; ses caprices, ses dé-
fauts, sa tenue un peu voûtée, ses épaules trop

petites, ses yeux méchants quand elle se fâche,
ses mauvaises pensées et sa trahison même; à
tel point que si l'on me disait : Georges guéris-
toi, voici ta Marguerite bien améliorée; elle te
revient plus douce, plus belle, plus aimante,
plus du tout capricieuse; avec elle, plus de
dépit, plus de douleur, plus de jalousie, plus
de désespoir; elle te revient bien décidée à t'aimer comme tu l'entendras, où tu voudras, et
autant que tu l'exigeras; ouvre les bras et reçois ta nouvelle Marguerite!.. je répondrais: Je
n'en veux pas; reprenez-la; je veux tout mon
passé que mes rêves ont si bien enchaîné à mon
avenir; je veux mes larmes, ma jalousie et mes
angoisses; si vous effacez tout cela, je ne serai
plus Georges et elle ne sera plus Marguerite;
Où seront les deux orphelins qui devaient marcher ensemble en se querellant quelquefois, en
s'aimant toujours, et en se soutenant tour à
tour depuis le berceau jusqu'à la tombe? Re-
prenez votre ange, votre sainte! Hélas! je ne
suis qu'un pauvre enfant qui vous prie de lui
rendre sa Marguerite !...... Et voilà pourquoi je
meurs. Parce qu'elle m'a abandonné; parce
qu'au moment où nous étions unis à ne faire
qu'un seul être, elle s'est tout-à-coup détachée
de moi sans penser qu'elle arrachait et empor-

tait la moitié de mon cœur; et moi, mutilé et
malade, je m'aperçus avec stupeur que plus je
l'aimais plus elle s'éloignait, et alors je m'enfermai pour pleurer; et que faisais-je pour la
punir? Eh bien! plus elle m'abandonnait et
plus je l'aimais! parce que tout cela c'était et
c'est de la tendresse; parce que je ressemble à
la pauvre mère dont l'enfant est parti au milieu
de la nuit : dans sa pensée vigilante elle devine
et suit la trace de ses pas; elle l'accompagne
dans sa route; elle s'assied à côté de lui sous
les arbres du chemin; elle veille au chevet du
grabat où il couche, et paie de ses larmes loin-
taines l'hospitalité qu'on lui donne; et plus il
est oublieux, moins elle l'oublie, et plus il est
ingrat, plus la pauvre mère aime son enfant,
car chez elle aussi c'est de la tendresse; mais
un jour vient où l'ingratitude a desséché
toutes les sources de la vie, et la pauvre mère
pleure sa dernière larme sur sa tombe entr'ouverte..... Eh bien! mon père, ce jour est arrivé
pour moi !

— Je t'ai laissé tout dire; au moins, mon
tendre Georges, te trouves-tu soulagé à présent? Tout ce que tu éprouves là je le reconnais, c'est l'héritage de ta mère, et André aussi
a reçu son legs de Marguerite de Saint-Jean!

J'ai senti, j'ai subi, et je comprends encore
chacune de tes douleurs ; mais, dis-moi, généreux enfant, puisque ta tendresse est si élevée
déjà, que ne fais-tu un dernier et sublime effort
pour la faire planer dans des régions si hautes,
qu'elles soient éclairées par la lumière du ciel?
A force de monter dans l'espace, elle arriverait
peut-être à l'amour de Dieu qui absorbe toutes
les tendresses et tous les amours; à cet amour
qui aime à la fois, sans jamais s'éteindre, toutes
les créatures répandues sur la surface des mon-
des, et même celles qui le trahissent par la
haine ou par l'oubli!... Voilà peut-être ton dernier espoir, Georges; essaie d'aimer ainsi, et de
loin, ta Marguerite, et en même temps tâche de
vivre !......... Oh ! deux êtres qui se touchent et
qui ne se sentent pas sont plus séparés que
deux âmes qui se comprennent, qui s'aiment, et qui ont entre elles un espace de mille
lieues!

— Bon André, que tes paroles sont à la fois
tendres, douloureuses et imprudentes! Si ce n'é-
tait qu'une séparation, fût-elle de dix années
entières, j'aimerais Marguerite, je vivrais, et
mon âme saurait bien atteindre la sienne à travers les mers et les forêts du Nouveau-Monde;
car dans quelque lieu qu'on l'eût cachée et de

quelque vêtement qu'on l'eût couverte, Marguerite ne serait-elle pas toujours Marguerite?
Mais m'abandonner pour se donner à un autre!..... Oh! je souffre!..... je souffre toutes les
angoisses de la jalousie, et la plus clairvoyante
et la plus sombre! On ignore les agonies de
l'âme; ceux qui les ont subies sont morts déjà,
et n'ont jamais eu la force de les dire, puisqu'ils mouraient en les subissant, et que leur
dernier souffle a été une dernière agonie. Comprends-tu maintenant ce que doit produire la
tendresse d'un Georges pour une Marguerite
qui se donne à un autre? Est-ce que ce n'est
pas mortel, André?.... Quand j'y pense, ô mon
Dieu! moi qui tremblais d'effleurer avec mes
lèvres ses cheveux que le vent faisait flotter sur
mon visage; moi qui m'enfuis un jour, emportant un seul de ces cheveux, avec lequel je
m'enfermai pendant des heures entières, et que
je roulai dans mes doigts pour le faire plus
gros, afin de pouvoir le mouiller de mes larmes et de mes baisers..... Et elle se donnerait
à un autre!...... La seule fois que sa main pressa
la mienne, un frisson passa sur ma tête; le
lendemain j'ai attendu toute la matinée, caché
au détour d'un sentier où j'espérais qu'elle
passerait; je regardais sur les arbres voisins si

les oiseaux ne s'envolaient pas, et dans la prairie si un corbeau ne tournait pas la tête, car tout cela m'indiquait son arrivée; et puis, quand je comprenais qu'elle venait, je me cachais dans un buisson, et à son passage je baisais mes mains avec transport, comme si j'eusse tenu les siennes, pour assouvir ainsi en silence mon besoin de l'embrasser à toute minute; et en même temps je remarquais la place où ses pieds avaient posé, et dès qu'elle avait disparu de l'autre côté des saules, j'allais me mettre à deux genoux, et regardant autour de moi si je n'étais pas observé, et si André lui-même ne me voyait pas, je baisais mille fois cette place, et je remplissais de larmes l'empreinte qu'elle avait laissée sur la terre!..... Tiens! regarde ce ruban qui brûle encore sur ma poitrine; une fois il tomba de sa ceinture, et j'eus l'imprudence de le placer sur mon cœur et de le mettre avec moi dans ma couche solitaire; mais bientôt ma fièvre devint si violente, que je courus à pieds nus dans la prairie, et que j'appris le lendemain que la neige couvrait la terre!....... Et elle se donnerait à un autre!..... Un jour, ô mon père, et reçois cette dernière confession avec mon dernier soupir; j'étais égaré; mes yeux étaient brûlants, je souffrais

trop, j'étais méchant : elle se mit à pleurer;
je ne l'avais jamais vue ainsi; saisi d'effroi, je
courus à elle pour la consoler de mon propre
chagrin, et.... je ne sais comment cela se fit....
ma bouche rencontra la sienne, et je m'enfuis
tout tremblant dans ma chambre, où je m'enfermai jusqu'au lendemain. Te rappelles-tu,
André, que tu vins frapper à ma porte, et que
j'eus le courage de te répondre : « Laisse-moi
dormir ! » Eh bien ! je dormais avec mon baiser, les yeux ouverts ; je le tenais, ce baiser;
je l'avais avec moi, je le possédais, je le sentais
sur mes lèvres humides, que je laissais se des-
sécher plutôt que de le faire disparaître. Je me
croyais plus heureux et plus favorisé que le
plus beau des rois de la terre; et, le matin,
quand je rencontrai Marguerite, je sentis battre mon cœur, et je rougis à ne plus oser lever
les yeux sur elle..... sur celle qui va se donner
à un autre ! Enfin, ce que mon imagination la
plus téméraire, dans mes nuits maladives, n'aurait osé même effleurer, tout cela serait compris, possédé, souillé par un autre ! !..... Non !
je veux mourir auparavant ! Je souffre mille agonies ! Qu'on m'enfonce une épée dans le cœur!...
c'est lâche de laisser déchirer un pauvre enfant
sans défense ! Si un tigre m'avait dévoré les en-

trailles, tu m'achèverais, André. On m'arrache
le cœur , et tu ne m'achèves pas! Achève-moi!
achève-moi!!.......

— Pauvre Georges! s'écriait le vieillard en
pressant son enfant dans ses bras et en pleurant à sanglots; par pitié pour André , calme-
toi! Souvent tu m'as dit que tu voudrais me
payer un jour mes soins pour ton enfance et
ma tendresse de seize ans; eh bien! ce jour est
arrivé, et pour unique récompense je te demande de ne plus t'abandonner au désespoir!
Georges, me refuseras-tu? Je comprends tout
ce que, tu souffres : la jalousie, n'est-ce pas?
J'ai souffert toutes ces agonies, mais, plus calme
et plus résigné., j'ai su prier; et quand la jalousie et le désespoir sont entrés dans mon
âme, j'ai rassemblé toutes mes forces, et j'ai
étouffé le double monstre! Va, j'ai subi d'autres angoisses que les tiennes; si je pouvais te
montrer la femme que j'ai aimée! si tu pouvais
comprendre que ma tendresse s'est élevée peu
à peu dans des régions si divines, que je suis
arrivé à aimer l'enfant de cette femme, l'enfant
d'un autre! Oui, je l'ai aimée jusque dans son
fils, et ce fils, c'était Georges, c'était toi! S'il
fallait te raconter toutes mes épreuves avant
d'arriver à t'aimer ainsi, c'est alors que tu di-

rais que j'ai souffert dans une longue et terrible réalité ce que tu souffres dans un songe qu'un souffle de Dieu peut faire évanouir sur l'heure. Tout espoir est-il donc perdu, mauvais malade? Ne t'ai-je pas dit qu'une dernière tentative pouvait ramener auprès de moi ce père aveugle, et que, s'il revient, tout est sauvé? Georges, il est beau d'aimer comme tu aimes, mais il est plus beau d'espérer et de croire!..... Enfin tes larmes coulent!..... tu me regardes avec amour....; ta main presse la mienne..... ce doux rayon de soleil éclaire dans tes yeux un nouveau rayon d'espérance..... ce regard que tu as tourné vers Dieu qui t'a créé, et vers le vieillard qui t'a reçu des bras de ta mère mourante, aura bientôt sa récompense : Marguerite reviendra!

— Oh! si c'était vrai! Oui, André, je me sens mieux; ta parole est un miel qui coule; ta tête vénérable, que couvre le feuillage de ce saule; ta barbe blanche comme la neige; tes yeux, où brille la lumière céleste, tout me semble une apparition divine descendue dans un nuage..... Oui, il me semble que voilà l'image du père des créatures qui souffrent; mille fois mes rêves m'ont montré cette figure du sauveur des hommes, et si l'ombre de Marguerite se glissait tout-à-coup dans la tienne, je me croirais dans le paradis!.....

— Hélas! je ne suis qu'un homme, et ce paradis n'est que la terre; mais l'heure approche où la foi et l'espérance feront descendre, pour l'amour, le ciel sur cette terre elle-même.

— Parle encore, vénérable André, parle toujours; tant que le son de ta voix montera dans mon âme, il me semble que je vivrai pour l'entendre!

— Je parlerai toujours, Georges; mais de qui?

— De Marguerite, toujours!

— Écoute-moi donc, ô tendre et bien-aimé malade! Je te dirai d'abord que tu es couché à la place même...

— Où par une belle soirée d'été, nous causions tous les trois en regardant les étoiles..... j'ai une mémoire mortelle, ô mon père!

— ... D'ici, j'aperçois les rives où je vous ai vus rester tous les deux une heure entière sans parler... elle regardait le lac, et tu regardais le ciel; dans le lac elle voyait ton ombre, dans le ciel tu voyais son image!.... Et cette soirée encore où vous boudiez l'un contre l'autre? Tu passais le long des saules dont tu arrachais les branches pendantes, que tu jetais dans l'eau,

tandis qu'elle traversait la prairie dont elle
cueillait les marguerites qu'elle effeuillait les
unes après les autres; moi, je vous contem-
plais! J'étais assis à l'ombre du petit bois, li-
sant une histoire si intéressante que lorsque
madame Aubry nous appela pour le souper,
j'en étais encore à la même page! Y avait-il
moyen de lire, lorsque je vous voyais enfin
vous rapprocher insensiblement, et que j'aper-
cevais Marguerite s'appuyant sur ton épaule
pour descendre le lit d'un ruisseau desséché?
Les plus grands héros de l'histoire n'étaient-ils
pas de vaines ombres, lorsque je voyais mes
deux enfants marcher lentement sur la lisière
du bois, d'où je n'entendais pas plus le bruit
de leurs pas qu'ils ne se sentaient marcher eux-
mêmes? Puis, je les voyais sans crainte disparaître dans la forêt, car je savais bien qu'ils
s'aimaient trop pour ne pas respecter leurs pu-
retés virginales. Une heure après, je fus si heureux de vous voir sortir du bois, marchant ensemble sous l'ombre du même parasol de ver-
dure, que, me trouvant par hasard sur votre
chemin, je m'enfuis à la hâte pour ne point
troubler l'ivresse de votre promenade; mais
Lisbette qui vous précédait, trouvant mon livre
oublié sur le gazon, me le rapporta délicate-

ment dans la gueule, après avoir préalablement déchiré la page la plus intéressante ; celle où Marie de Bourgogne environnée de ses dames d'honneur et n'attendant plus que l'arrivée de son fiancé, le beau prince Maximilien, entend tout-à-coup la cloche de la chapelle, et ...... O ciel! tu pâlis?

— Je vous dis adieu, mon père! ne l'entendez-vous pas, la cloche de la chapelle? Ce n'est pas pour Marie qu'elle sonne, c'est pour Marguerite!!... Ah! vous l'entendez, enfin?.... Mais consolez-vous, André ; me voilà soulagé, guéri, résigné ; je suis prêt à mourir..... vous le voyez, je passe la main sur mes yeux pour effacer ce songe.... ce fut une affreuse vision! On cherche une femme, on trouve un ange, on saisit une ombre!..... C'est singulier, cette cloche me fait du bien!..... ne suis-je pas heureux, puisque mes souffrances vont finir?..... c'est de joie que je pleure! ce sont les larmes du captif que l'on délivre..... ma prison s'ouvre, et le ciel aussi! n'est-il pas temps de mourir? A seize ans je suis déjà bien vieux... et j'ai assez vécu comme cela!... mais au moins qu'on se dépêche! qu'on la marie tout de suite et que je meure! cette cloche me fait du mal!..... elle me fait du mal! chaque coup m'achève!... Adieu!

— Arrête, malheureux enfant! reste une minute encore, ô pauvre âme! Voici l'heure solennelle, et André te demande encore une minute! Ne sommes-nous pas tous à découvert sous la voûte céleste, et Dieu ne nous voit-il pas? Et vos mères, pauvres enfants, ne sont-elles pas à cette heure aux genoux de Dieu? Un dernier effort, Georges, et faisons comme elles. Si cette cloche appelle Marguerite à l'autel, elle appelle Georges à la prière!... Je comprends; tu n'as plus de forces, n'est-ce pas? Eh bien! je prierai pour toi, et si tu m'as jamais aimé, tu attendras la fin de ma prière!...

« O mon Dieu! je suis bien vieux, n'est-ce » pas? mes genoux tremblent sous moi? Eh bien! » c'est à deux genoux que je te fais ma prière » suprême! Si j'ai fait ici-bas quelque bien en » ton nom, ô mon Dieu, donne-moi ma ré- » compense à cette heure : sauve Georges et » Marguerite! Tu ne voudras pas que ces deux » enfants que j'ai cachés sous ma robe, comme » l'oiseau abrite ses petits sous ses ailes, meu- » rent misérablement sans avoir accompli » les mystères de ta loi divine! Les oiseaux et » les fleurs qui ne vivent qu'un printemps ne » s'unissent-ils pas avant de mourir? Si tu as » décidé, dans ta sagesse, que ces enfants mour-

» ront jeunes, pour aller plus vite retrouver
» leurs mères, ordonne qu'ils soient ici-bas unis
» et heureux pendant quelques jours, afin qu'ils
» puissent ensuite juger de la différence entre
» leur ciel et le tien..... et si, dans ce paradis,
» que Jésus a montré comme la récompense et
» le refuge du juste, il y a pour moi une petite
» place, fais au moins qu'en y entrant je puisse
» dire aux deux Marguerite : Faites un bon
» accueil au vieillard qui a sauvé vos enfants!
» Les voyez-vous comme ils s'aiment, comme
» ils se cachent au monde avec les fleurs et les
» oiseaux, comme ils sont heureux?

    » O mon Dieu, fais cela!! »

    La cloche a cessé de sonner; est-ce déjà une
réponse? est-ce un refus ou une grâce?

    — André, je voudrais bien prier aussi, mais
je ne puis..... Mon Dieu, accepte au moins mes
larmes!

    — C'est la meilleure des prières, Georges!

    — Qui te l'a dit, mon père?

    — Dieu, qui déjà l'a entendue!

    — Est-il possible?..... Comment peux-tu le
savoir?

    — Je le sais, parce qu'il vient d'y répondre!

    — Je n'ai rien entendu..... Qu'a-t-il dit?

    — As-tu du courage, Georges?

— Pour le malheur?..... hélas! plus de courage que de force.

— Et pour le bonheur?

— Du bonheur!..... Mes forces m'abandon-
nent.....

— Il est temps qu'elles reviennent!

— Et pourquoi donc, ô mon Dieu?

— Parce que le bonheur peut arriver.....
parce qu'il arrive!

— Je ne comprends pas... Tu me troubles...
tu me fais mal..... Au nom du ciel! dis-moi vite
ce que Dieu a répondu....

— Il m'a dit : Lève la tête, vieillard, et tu
verras venir ma réponse!

— Mais que regardes-tu là-bas?

— Je regarde venir la réponse de Dieu!

— Où est-elle?..... Mes yeux sont voilés.....
je ne vois rien.....

— La voici!..... Mais du courage, Georges;
car cette réponse, c'est Marguerite elle-même
qui nous l'apporte!!!

— C'est trop! c'est trop! Mais la vois-tu?
oh! la vois-tu, André?

— Eh! il y a une heure que je la vois!

— Je ne me sens pas bien.....

— Ranime-toi, Georges, car il faut cacher
nos douleurs à cette chère enfant. Mais que

fais-tu? Tu n'iras pas! Je te dis que tu n'iras pas!

— Je suis fort, André; mon courage est revenu; je suis guéri; laisse-moi courir..... Soutiens-moi, mes jambes fléchissent..... Elle agite son mouchoir!..... Par ici, Marguerite..... Courons! courons!

— Tiens-toi à mon bras, mon ami, et sois raisonnable.

— Que vois-je?..... Un voile? une couronne de fiancée? O mon Dieu! si elle était mariée!

— Tu la repousserais donc?

— Non!..... nous mourrions ensemble!

— Je suis toujours Marguerite! s'écria la pauvre fugitive en arrivant. André, je viens mourir dans vos bras!

— Mourir? dit le vieillard riant et pleurant tout à la fois..... oh! c'est maintenant que nous allons vivre!..... Pauvres anges! ils ne peuvent plus parler!..... Georges, tu peux la presser sur ton cœur, cette Marguerite que Dieu te ramène; elle est à toi, je te la donne!

—- Auparavant sauvez-moi!..... il me poursuit!..... la folie, la colère le poussent sur mes traces..... J'ai tourné la tête, et j'ai vu une épée nue..... Il me tuera!..... Il nous tuera tous!

— Mais qui donc?

— Lui!..... mon père!

— Mes enfants, vous n'avez plus d'autre père que moi!

— Sauvons-nous, André! je vous dis qu'il me poursuit........ oui, depuis les galeries jusqu'au rempart..... Une brèche s'est présentée; je me suis élancée, et le malheureux s'est élancé après moi.....

— Es-tu blessée? s'écria Georges.

— Non!...... mais s'il n'est pas mort, lui, il va venir nous tuer!

— Ne crains rien, Marguerite, dit André en regardant au loin dans la vallée avec inquiétude; prenons le bras de Georges, et marchons. Quelques efforts nous conduiront à la métairie; je veux vous renfermer à mon tour dans les murs de mon château, où je saurai vous défendre.... Oh! maintenant que je vous tiens tous les deux, mes orphelins bien-aimés, malheur!..... malheur à celui qui viendrait vous reprendre!!

XXVIII

L'OMBRE DE LA CHAPELLE.

« Un spectre destructeur planant sur leur retraite
» Pour frapper sa victime étend son bras affreux. »
LEBRETON.

« Comte de Chapstal, ne va pas plus loin, c'est ici le
» terme de ton voyage!
Le Roi des Frénelles.

Au moment où André et ses deux enfants si faibles montaient l'escalier qui conduit à la salle même où l'on avait recueilli le naufragé, Marguerite, qui tournait la tête à chaque minute, s'écria pleine d'épouvante : Le voilà ! le voilà ! !

En effet, on put voir se dessiner au loin, dans les premières clartés de la lune, une ombre qui s'avançait, brandissant un morceau de fer semblable à un tronçon d'épée.

André poussa bien vite les deux orphelins
dans la cellule de Georges, en leur disant :
priez Dieu pour qu'un vieillard désarmé ait la
force de vous défendre! — Et comme Georges
faisait un mouvement pour couvrir de son corps
son père adoptif, celui-ci le repoussa violemment dans la cellule qu'il ferma à double tour,
en s'écriant : Enfant, priez Dieu pour votre
père et pour moi! En même temps il s'adossa
contre la porte, soit pour la cacher, soit pour
mourir sur le seuil ; et à voir ses yeux enflam-
més, sa tête blanche à demi confondue dans les
ténèbres, et la sainte colère qui animait ses
traits, tandis que son bras se levait à l'avance,
plus encore pour arrêter que pour frapper, on
eût dit Dieu lui-même se plaçant aux portes du
ciel pour en défendre l'entrée.

Bientôt le pas furieux de Chapstal se fit entendre sur l'escalier en même temps que les
éclats d'une voix qui ne conservait plus rien
d'humain.

— Me voilà! — criait-il en montant, — me
voilà, fille rebelle! Tu fuis comme l'oiseau de
nuit, mais le pas de la vengeance est aussi rapide que ton vol!

— Tu n'arriveras que trop vite, insensé!
— murmurait d'en-haut le père André.

— A deux génoux! — s'écria Chapstal en
mettant le pied dans la chambre et prenant
dans son égarement l'ombre d'André pour le
voile de Marguerite, — crie grâce! ou meurs!

Et il brandissait au hasard le tronçon de
l'épée qu'il avait brisée dans sa chute, ou peut-
être contre un arbre du chemin, croyant frapper sa fille.

— C'est à toi de crier grâce, meurtrier! Lève
les yeux, malheureux! la justice de Dieu siége
dans cette salle, et si cette main retombe sur
ta tête, c'est fait de toi! Et le père André tenait
son bras suspendu avec la puissante colère
d'un Dieu qui tient la foudre.

Mais le malheureux Chapstal n'entendit
point cette menace, et mettant la main sur ses
yeux comme pour mieux voir dans le fond de
la chambre, il reconnut enfin André, et brandissant toujours son tronçon d'épée, il fit un
pas en riant d'une manière affreuse.

— C'est donc toi, misérable vieillard? espion à la tête chauve, que la pointe de mon
épée rencontre dans la sombre nuit comme le
fer électrique qui conduit le tonnerre! C'est
donc toi, mari sans femme, père sans enfants,
châtelain sans château, seigneur sans écusson,
qui, ne pouvant garder ni rang, ni titres, ni

domaines , veux te venger en volant les enfants
des autres !

Dieu sait où gémit le père de Georges , mais
voici le père de Marguerite ! il ne vient plus te
demander sa fille aujourd'hui , il vient t'immoler et la reprendre lui-même ! Allons, ne fais pas
de résistance , tu vois bien qu'il y a un démon
en moi , et qu'il faut que tu meures !

— Insensé! comptes-tu sur ce morceau de
fer pour m'ôter la vie? Je n'ai qu'un mot à dire,
et ta main va s'ouvrir pour le laisser tomber
à mes pieds; mais auparavant, pauvre démon,
dis-moi d'où tu sors ; ton arme s'est brisée en
chemin ; la boue couvre ton visage, et ton sang
coule sur ta poitrine !..... Tu veux passer pour
un démon, tu n'es que l'ombre d'un homme?

— Le sang?....... Oui , du sang!....... Suis-je
blessé?..... Qui donc es-tu , toi qui vois le sang
dans les ténèbres ? Mais non ; tu ne le vois pas,
tu le respires !

— Qui je suis?..... Si j'étais ta conscience ,
hein?

— Ma conscience? Satan et William se la
disputent ! ils m'entraînent dans l'abîme; mais
s'il faut y tomber, tu tomberas avant moi !

— Tu parles de Satan à ta dernière heure?
et Dieu donc? Si l'enfer te tire par les pieds ,

ne sens-tu pas le ciel qui pèse sur ta tête?.....
Allons, prépare tes comptes, vieil ambitieux
qui as tout prévu, excepté l'heure suprême!
Noble seigneur, toi qui cherches une Marguerite, tu vas la trouver, et c'est moi qui suis
chargé de te la rendre; mais avant dis-moi laquelle, car il y en a trois! N'est-ce pas qu'il y
en a trois? la Marguerite que tu as enlevée à la
douce solitude des champs pour la jeter dans la
corruption des cités : celle-là, c'est ta femme! la
Marguerite que tu as arrachée au berceau de
sa fille pour la déshonorer dans ton infâme repaire, d'où elle n'est sortie que pour rentrer
dans la tombe de son bien-aimé, dont la Bastille, cet autre repaire royal, t'a rendu le cadavre : celle-là, ce fut ta prisonnière et ta victime! Enfin la Marguerite que tu voulais vendre
à un autre infâme pour un peu d'or étalé sur
des habits, et que tu poursuis jusque dans
cette chambre où elle t'a sauvé la vie, pour
l'immoler comme les deux autres; et celle-là,
ô parricide! tu la crois ta fille! Chapstal, dis
un mot, et les portes du tombeau vont s'ouvrir. Laquelle des trois Marguerite veux-tu que
je te montre?

— Quelle voix!..... Ombre vengeresse, que
veux-tu de moi?..... Déjà je t'ai vue..... et je

tremble de te reconnaître!....... Serait-ce........?
Oui!....... Grâce! grâce!

— Eh bien! tu abandonnes ton morceau de
fer sans combattre, vieillard insensé, qui tout
à-l'heure voulais lutter contre Dieu même, et
qui te débats maintenant contre la mort?

— L'ombre de la chapelle!...... la voix du
confessionnal!..... la voix!..... William!..... la
voix!

— Allons, c'est bien; ta mémoire est fidèle;
tu les reconnais donc enfin : l'ombre qui a arrêté ta fuite et la voix qui espérait arrêter tes
crimes? Te rappelles-tu aussi ce qu'elle disait, cette voix? Oh! c'est maintenant qu'elle
peut te répéter : Comte de Chapstal, ne va pas
plus loin, c'est ici le terme du voyage!

— Arrête à ton tour! tu le vois, je suis
vaincu; mais avant de mourir saurai-je enfin
ton nom? Es-tu la Haine, l'Envie ou la Vengeance? Qui es-tu?

— Le prêtre dont l'oreille s'est souillée à
l'histoire de ta vie; le bien-aimé qui a fermé
les yeux à ta femme, le seigneur qui t'a rendu
tes domaines; le père qui a recueilli ton enfant,
et le libérateur qui le sauve!

— Ton nom? ton nom, vieillard implacable?..... Serais-tu la mort?

— Non , mais je la précède! Descends dans
ta conscience, et élève au ciel une pensée de
repentir avant qu'elle arrive, celle qui suit mes
pas ! Rentre dans tes souvenirs, pauvre ambitieux que la main du malheur n'a pas su cour-
ber, et que la mort va briser avec violence ;
frère ingrat, que l'image d'un frère fugitif n'a
jamais poursuivi dans le luxe et la débauche ;
père endurci, que les larmes d'un ange n'ont
pu amollir. Car ce n'était pas un enfant qu'il
te fallait, mais une fille à accoupler à un autre
ambitieux ! et tu as choisi Marguerite, et si ton
maître t'avait dit de livrer un époux à quelque
noble concubine, il t'aurait fallu un fils, et tu
aurais choisi Georges..... Mais n'entrevois-tu
point déjà le Dieu vengeur à qui tu ne pourras
livrer autre chose que Chapstal ?

— Encore une fois : grâce ! Si tu es l'envoyé
de Dieu, tu dois savoir que je suis encore plus
malheureux que coupable. Penses-tu que dans
le silence des nuits une voix secrète ne m'ait
pas dit tes paroles ? Va, je ne suis pas assez cri-
minel pour ne point avoir déjà payé mes fautes
à ma propre conscience ! Ce qui m'a entraîné
au bord de l'abîme, c'est le monde, et celui
qui m'y a précipité, c'est William, ou plutôt
le démon qui vit en lui. Ah ! si tu savais les

angoisses, les terreurs, les visions qui, durant
les heures de la nuit, viennent aux pauvres
criminels, c'est toi qui demanderais grâce à
genoux pour Chapstal! Regarde ce visage,
touche ce corps et ces bras décharnés, et tu
trembleras d'épouvante! Depuis trois jours je
ne porte plus avec moi qu'un souffle...... Déjà
ce n'est plus Chapstal qui parle, c'est le breuvage infernal que Satan lui a fait boire! Hâte-
toi donc; ce n'est pas pour le corps que je demande grâce, c'est pour l'âme! Si Dieu était là,
n'aurait-il pas déjà accordé le pardon à celui
qui l'implore en présence même de ses enfants? N'entends-tu pas leurs cris dans cette
chambre où tu les tiens enfermés?

— Grâce! grâce! criaient les deux enfants
dans la chambre voisine.

— Juste ciel! — s'écria André que ces voix
épouvantées semblèrent réveiller tout-à-coup,
est-il bien vrai, malheureux vieillard, que le
repentir a enfin touché ton âme? L'heure de la
mort fera-t-elle ce que ta vie entière n'a pu
faire?

L'infortuné Chapstal était à genoux; d'une
main il touchait sa poitrine, et de l'autre il
se retenait au plancher pour ne pas tomber.

— Trois choses! murmurait-il d'une voix

expirante , — que je bénisse ces enfants qui
ont crié grâce pour moi..... qu'on me promette
le pardon du Dieu qui me juge et du frère qui
me maudit... et que je meure!

— Eh quoi! tu bénirais ces enfants?.. et s'il
revenait, tu ouvrirais les bras à ton frère?

— Oui... oui...— et déjà le pauvre vieillard
oubliant sa blessure, se retenait des deux
mains sur le plancher.

Enfin, la colère d'André avait fait place à la
plus tendre pitié; il ouvrit brusquement la
porte de Georges, et s'écria en pleurant : Mes
enfants, venez recevoir la bénédiction de votre
père!

Georges et Marguerite se précipitèrent aux
genoux du mourant, qui, par un dernier effort
de respect humain et de dignité paternelle,
pour ne pas être surpris dans cette humiliante
position, avait rampé jusque sur un fauteuil,
en traînant sous lui une trace de sang sur le
plancher; il posa sur ces jeunes têtes une main
glacée, et il dit d'une voix faible :

—Je vous bénis, tendres enfants! et maintenant, allez-vous me pardonner?

— Tais-toi! tais-toi! criait Marguerite , tandis que Georges mettait sa main sur la bouche
du père en disant : C'est à tes enfants qu'il faut

pardonner! Mais bientôt la terreur fit place à ce
premier mouvement, et ils allèrent se mettre à
genoux derrière le fauteuil du mourant.

— Grand Dieu! disait André, pourquoi faut-
il qu'il n'y ait pas de témoins de ce sublime
spectacle?

— Les témoins y sont! — dit tout-à-coup
madame Aubry, qui entra en poussant devant
elle son mari qui cachait son visage dans son
chapeau, — et voici un coupable qui demande
grâce à son tour!

— Qu'on fasse silence! — s'écria le père André, chez qui l'exaltation était si grande qu'il
ne songeait pas à donner au mourant des secours d'ailleurs inutiles, et qui ne pouvait dé-
tourner les yeux de la grande scène dont il voulait au moins tirer une leçon pour l'avenir. —
En présence du comte de Chapstal, je veux donner à ces enfants les titres qui constatent leur
naissance. Tenez, Georges et Marguerite, voici
le noble parchemin et le papier plus humble
qui contiennent ce grand secret. Lisez à haute
voix ; l'un de vous va connaître enfin son illustre
origine et embrasser dans son père le noble représentant d'une race antique!

André avait élevé la voix en prononçant ces
paroles, et, faut-il le dire? le regard de l'am-

bitieux mourant sembla briller encore d'un dernier éclat.

Les enfants tenant ensemble les parchemins, se regardèrent une seule fois, se comprirent et s'élançant du même pas, ils jetèrent brusquement les titres dans la flamme du foyer. Georges dit en se relevant : — Il n'y a d'autre noblesse ici, que celle que tu nous as mise dans le cœur, ô vertueux André ! — Puis ils coururent encore une fois se jeter aux pieds du comte de Chapstal, et Marguerite dit à son tour :— Mon père, nous voulons tous les deux être tes enfants !

— O mon Dieu, je te remercie ! s'écriait André, car voilà ce que j'attendais de Georges et de Marguerite ! S'ils avaient ouvert ces papiers, ils n'auraient trouvé aucuns titres de grandeur ou de misère, mais ces seuls mots écrits de la main d'André qui peut-être avait le droit de les écrire : Tous les hommes naissent égaux sur cette terre; qu'ils tâchent de mourir égaux pour le ciel !

Un court silence se fit dans la salle. Madame Aubry pleurait dans son mouchoir, et le fermier murmurait une prière à voix basse. Tout-à-coup le comte de Chapstal mit sa main sur sa poitrine en poussant un grand cri. Tout le monde avait oublié sa blessure. On courut à lui, on déchira ses vêtements, et on découvrit un bout de l'épée qui s'était brisée dans sa chute, et que, dans son délire, il avait rapportée du château sans comprendre cette nouvelle douleur.

— C'est inutile! dit Chapstal en écartant de la main ceux qui voulaient lui donner des soins, — laissez le fer dans la blessure, que je l'emporte là-haut, et puissent les vengeances célestes s'attendrir à cette vue!... Mais approche, ô saint vieillard, qui à l'heure de la mort me donnes deux enfants en y ajoutant l'espérance : puisque tu es l'envoyé de Dieu, ne me rendras-tu pas aussi mon malheureux frère André?

— Qu'il soit fait ainsi que ton cœur le désire, ô pauvre proscrit! Henri de Chapstal, ce nom d'André que ta bouche vient de prononcer n'est-il pas le même que celui que je porte? Regarde bien le vieillard qui a presque ton âge, et qui demain peut-être va te suivre au tombeau!... Dans ces traits flétris par les passions terrestres, ne reste-t-il rien d'humain que tu puisses reconnaître? dans la figure de l'imprudent qui a fui la maison paternelle, ne reste-t-il aucun trait qui te rappelle sa pauvre mère?

— O Providence! n'est-ce pas une dernière illusion qui poursuit un mourant jusque dans la tombe? — criait l'égaré Chapstal en faisant un effort surnaturel pour se lever tout droit et pour ouvrir ses bras inanimés, — tu serais?.... Oh! tu ne peux être que mon frère André! Je commence seulement à le comprendre, ce mystère de l'amour fraternel! Mon Dieu! il est temps que je meure, car tout-à-l'heure peut-être, je voudrais vivre encore... André, me pardonneras-tu aussi?

— Te pardonner, Chapstal? Sois béni mille fois, toi qui me rends mon frère!....... Pauvre Henri, je te retrouve donc, et je puis enfin te serrer dans mes bras!

— Oui, pour la première et la dernière fois, André, car c'est encore moi qui refusais les caresses de notre enfance..... Georges et Mar guerite, il faudra bien prier pour votre père!... Mais faut-il que je vous quitte au moment où je vous retrouve? faut-il que je meure lorsqu'enfin je commençais à vivre?..... Voilà un châtiment qui doit alléger les fautes du mourant... Est-ce donc à l'heure même où il retrouve une patrie et une famille que le proscrit doit mourir?..... Ma vue s'égare.... approchez les lumières... que je revoie encore une fois mes enfants et mon frère... André, je te connaissais à peine lorsque tu quittas la maison de notre père; il y a de cela bien long-temps , et pourtant il me semble que je te reconnais....... mais où donc t'ai-je revu ?....... Oui, j'ai revu ces traits dans le monde.... Puissance du ciel!... serait-ce lui?.... Oui, je la reconnais, cette noble tête que j'ai admirée si souvent dans les tribunes de l'Assemblée nationale et dans les chaires des églises... Seriez-vous l'évêque de...

— Silence !! je suis ton frère, Chapstal, rien que ton frère ! Ne vois en moi que le pauvre André prêt à rendre compte au Juge suprême de ses gloires passées et de son obscurité présente... Non ! plus un mot sur les vaines grandeurs du monde, de peur qu'elles n'excitent les regrets des mourants... Je suis mort pour le monde et pour l'histoire, puissé-je au moins revivre dans cette heureuse et paisible descendance que je me suis choisie! Oui, j'ai fait ce que le vieux Joseph m'a dit; je ne suis plus qu'un prêtre; et l'orgueilleux prince de l'Église mourra l'humble pasteur du village de Mont-perdu !

Ici madame Aubry se mit à genoux au milieu des enfants, et tous regardaient le père André avec un mélange de tendre respect et de profonde vénération. Le fermier s'avança en se prosternant, et il se frappait la poitrine en disant : Ayez pitié de moi, monseigneurs!

— Tais-toi, malheureux! et si tu conserves l'espoir d'obtenir un jour le pardon de tes fautes, sache au moins le mériter par le repentir et le silence.

En ce moment, le comte de Chapstal fit un dernier effort pour parler; mais ses lèvres ne laissaient échapper qu'un vain murmure, et personne ne pouvait comprendre ses signes. Mais André s'avança, et se baissant contre le fauteuil, il dit à voix basse :

— Pauvre Henri! moi seul je puis te comprendre; tu voudrais avant de mourir savoir au moins lequel de ces deux enfants est le tien?... N'est-ce pas que j'ai deviné?.... Eh bien! oserais-tu jurer, en présence de l'ange qui est descendu pour recevoir ton âme, que tu ne feras pas même un signe qui révèle à ces enfants un secret d'où dépend leur bonheur? peut-être alors te dirai-je ce nom bien bas, afin que ta dernière heure soit la plus heureuse et la plus douce de ta vie.

Le mourant leva la main droite et montra le ciel.

André sut comprendre ce serment muet et

solennel, car se rapprochant encore, il dit un
seul mot, mais si bas que l'oreille d'un père
expirant pouvait seule l'entendre.

Le malheureux comte de Chapstal, que la
main seule de la mort avait pu dompter, fut du
moins fidèle à sa dernière promesse. Il serra à
la fois ses deux enfants dans ses bras, et sans faire
aucun autre mouvement il rendit le dernier
soupir. Seulement André se baissant pour pleurer sur le visage de son frère, remarqua que
ses yeux étaient tournés du côté de Georges. Il
dit alors d'une voix étouffée par les larmes :
Pauvre Henri! ce dernier regard est du moins
le regard d'un père!

Le fermier Aubry s'avançait sourdement
comme pour surprendre ce secret sur le visage
de la mort, mais déjà le père André avait fermé
les yeux au comte de Chapstal.

XXIX

LE ROI DES FRÊNELLES.

« Et le voyageur pourra visiter un peuple inconnu dans
» l'histoire des révolutions. »

L'historien des Frénelles.

Quelques jours après qu'on eut rendu les derniers devoirs au comte de Chapstal, le père André obtint du pouvoir judiciaire l'autorisation d'adopter deux orphelins de parents inconnus, recueillis le jour même de la révolution du 10 août, et qui avaient nom : Georges et Marguerite.

C'est ainsi que le sage vieillard, qui aurait

pu devenir l'oncle, préféra rester le père adoptif de ces deux anges.

Le notaire Aubry, le maire Aubry, le chanoine Aubry, qui s'étaient empressés de prêter
le secours de leur ministère au noble château,
ne dédaignèrent pas de l'offrir à l'humble métairie; en effet, l'obscur ermite de la vallée
était soupçonné, sans doute d'après ses bonnes œuvres, d'être aussi riche que l'ancien
maître du château, avant même que la mort de
celui-ci eût rendu à l'ancien acquéreur les domaines et le manoir. C'est donc ainsi que ces
vénérables lévites s'empressaient de rendre hommage au Dieu du siècle : à l'or!

Mais la pure et naïve Marguerite témoigna
une répugnance invincible à revoir ces sinis-
tres figures, et Georges déclara qu'il ne voulait pas qu'un autre que le prêtre André dé-
posât sur la tête de sa fiancée une couronne de
blanches marguerites; il ajoutait, en riant, que
la main du notaire Aubry, signant sur le contrat, lui ferait toujours l'effet de la griffe du
diable!

Toutes ces choses se disaient pourtant à voix
basse et pendant que madame Aubry rôdait
dans la métairie, de peur que la bonne mère
n'entendît ces singuliers témoignages de sym-

pathie tomber tout-à-coup sur la tête de son
mari et de ses enfants, dont elle avait assez dé-
ploré le caractère pour consentir à les abandonner.

Bientôt tout fut prêt pour la cérémonie religieuse qui devait être aussi simple que le
prêtre et les fiancés, car ce fut le vénérable André qui unit Georges et Marguerite dans la
pauvre église de Montperdu. Mais qu'on ne se
trompe pas ici sur le sens de ces mots : pauvre
église ; car depuis l'arrivée du père André cette
simple maison de Dieu sur la terre n'avait vu
s'asseoir sous son humble porche aucun de ces
mendiants hideux qui pullulent sous le riche
parvis de nos splendides cathédrales, et qui
tendent à la froide charité des dévots le piége
éternel de leurs fausses infirmités.

Au moment où la cloche de l'église, qui avait
par hasard le même timbre que celle de la chapelle féodale, sonna la bénédiction nuptiale, les
fiancés ne purent se défendre d'une terreur subite ; ils se regardaient comme pour se reconnaître, et l'officiant voyant tout-à-coup leur pâleur, ne dédaigna point de descendre les degrés
de l'autel pour leur dire à haute voix : Rassurez-
vous, enfants, ce n'est plus la cloche du château !

Enfin, ces deux anges furent unis, et la candide Marguerite, loin de se donner à un autre, confondit long-temps son ignorante pureté virginale avec celle de Georges, à qui la tendresse sembla toujours plus douce que l'amour.

Le père André, revenu dans la métairie naguère si agitée et maintenant si tranquille, avait eu peine à pardonner au fermier Aubry, qu'un repentir trop exagéré pour être sincère, tenait continuellement à genoux sur le pavé des églises.

Le majordome William avait disparu, et on se disait dans le village que, n'espérant aucune miséricorde du père André, indulgent pour les fautes mais sévère pour les crimes, ce vieil écumeur des mers avait du moins voulu mourir en marin, et qu'il avait cherché un dernier asile dans les flots de l'Océan. Le garde-chasse, entêté comme un sanglier et soupçonneux comme un daim, soutenait qu'il y avait pour le majordome un autre élément favori : qu'il pourrait bien n'être pas mort en marin, mais en ivrogne, enfin qu'on reconnaîtrait un jour qu'il s'était noyé dans le vin!

Pendant les soirées de plusieurs hivers, les esprits profonds de Montperdu discutèrent ces deux propositions avec un égal avantage : les

femmes, les vignerons et les hôteliers s'étaient
rangés du parti de l'eau, et tous les fonctionnaires soutenaient chaleureusement la cause
du vin. Ceux-ci crurent devoir lever la tête et
crier victoire, lorsque, quelques années après,
au milieu des travaux que Georges dirigeait
pour faire du vieux castel un hôpital commode
pour les malades du canton et les naufragés de
la côte, on trouva dans le fond des caves féodales, et dispersés derrière une vieille barrique,
quelques os humains à demi rongés par les
rats, et une sorte de gourde en cuir gisant auprès d'un crâne, de telle façon qu'au premier
coup d'œil on les avait pris pour deux têtes.

Le dix-neuvième siècle est favorable à tous
les Aubry : le tabellion est préfet; le chanoine
est archevêque et rêve le chapeau de cardinal,
qui doit prendre à sa tête la mesure d'une
tiare; les fournisseurs aux vivres sont rece-
veurs-généraux, et le fermier Aubry est marguillier de sa paroisse, et millionnaire.

Mais laisserons-nous dans l'oubli des êtres
non moins intéressants et beaucoup plus fidèles? Que devinrent les chiens du majordome?
Une seule voix parla en leur faveur, ce fut celle
de Marguerite, qui s'obstina à ne point oublier qu'elle fut respectée par ces dogues at-

tendris quand elle sauta par la fenêtre de la grande salle où elle allait mourir, et traversa en fuyant toutes les cours du château.

Cependant une difficulté grave se présentait : puisque Marguerite ne voulait pas qu'on les tuât, qui se chargerait de leur sort, lorsque le contrebandier le plus téméraire des provinces basques, appelé au conseil, venait de déclarer qu'il ne voudrait pas en prendre un seul à son service, de peur d'être dévoré par ce douanier d'une nouvelle espèce.

Dans ces circonstances critiques, on ne trouva rien de mieux que de s'en remettre à la décision du vieux juge, qui était le président d'âge du conseil. Ce vénérable jurisconsulte se leva, se livra à une longue et savante argumentation, à la fin de laquelle, après avoir passé en revue tous les animaux historiques : les lions de Daniel, les aigles romaines, le cheval d'Alexandre, l'aspic de Cléopâtre, et même les oies du Capitole, il conclut que, puisque, d'une part, on ne voulait pas tuer les dogues, et que, d'autre part, il était impossible de s'en défaire honnêtement, c'est-à-dire en se conformant aux règlements des polices locales relatifs à la divagation, il fallait prendre un juste atermoiement, qui était de les soustraire au

plus vite à la maxime : *Crescite et multiplica-*
mini, et de procéder comme en matière de
suppression de charges , par extinction de personnes. En conséquence : ouï les dires du père
André, ensemble les protestations des habitants de Montperdu, les prières de Marguerite
et les hurlements de toute la meute, il ordonna
qu'à la diligence de l'autorité exécutive tous
les chiens du majordome seraient convenable-
ment établis et hébergés jusqu'à l'heure suprême, dans deux cours distinctes , les mâles
d'un côté et les femelles de l'autre !

Après ce dernier et mémorable arrêt , qui
méritait d'autres archives que cette périssable
histoire, le vieux juge resta long-temps encore
ce qu'il était depuis cinquante ans : un profond
et imperturbable jurisconsulte ; des chroni-
ques plus ou moins téméraires affirment que
quand la mort se présenta au chevet de son lit,
il ne craignit pas de l'arrêter plus d'une heure
dans l'exercice de ses fonctions , pour argu-
menter avec elle *de morte* en général, et *de ex-*
tinctione judicum en particulier , sans vouloir
jamais reconnaître le terrible privilége que
cette sombre déesse s'est arrogé depuis la créa-
tion du globe : de faire déguerpir les locataires
de ce bas monde , et souvent sans sommation

préalable. Enfin force lui fut de s'exécuter ;
mais on affirme qu'à l'heure qu'il est, il proteste encore dans le ciel!

Et le receveur ?..... on dit qu'il essaya aussi
d'arrêter la mort à l'aide d'une éloquence qu'il
était habitué à voir amollir les consciences les
plus fermes. Il salua silencieusement la messa-
gère de l'éternité, et lui ouvrit sa caisse! mais
la déesse ne lui répondit que par un geste impitoyable, et le malheureux financier eut la douleur de partir pour un bien long voyage sans
pouvoir emporter un seul écu!

Peut-être reste-t-il quelque intrépide ama-
teur de la chasse sur les pics des montagnes
ou dans le fond des glaciers, qui nous deman-
dera un compte sévère de la destinée de l'affamé forestier. Hélas! faut-il le dire? ce téméraire garde-chasse qui, dans le cours de sa vie
aventureuse, fut cent fois plus terrible au gibier
impérial que tous les braconniers des frontières, fut un jour enlevé par un cerf dix-cors,
qui, l'ayant saisi à l'improviste par sa ceinture
de cuir, l'emportait bien au-delà des Pyrénées,
lorsqu'un coup de carabine espagnole fit rou-
ler à terre cette double proie ; car si le bra-
connier basque est toujours en guerre avec les
cerfs, il faut ajouter cette circonstance particu-

lière que l'Espagne était alors en guerre avec la France.

Maintenant que nous avons éclairé les derniers pas de nos héros secondaires sur cette terre où tout s'évanouit depuis les tueurs de gibier jusqu'aux tueurs d'hommes, depuis les conquérants jusqu'aux gardes-chasse, allons faire nos derniers adieux à ceux qui nous sont plus chers, et que nous ne pourrons plus revoir que dans cette humble histoire, si jamais la tendresse qu'ils sont dignes d'inspirer permettait qu'on les visitât encore une fois.

Le père André et la vieille nourrice s'asseyaient, tous les soirs, sur l'escalier creusé dans la montagne, d'où ils pouvaient voir errer dans la vallée les deux enfants qui seraient restés enfants jusqu'à leur vieillesse, si un heureux événement, dû peut-être au hasard autant qu'à l'amour, n'avait un jour amené la rougeur sur les joues de Marguerite, et la joie dans le cœur de tous.

De ces deux fleurs si tendres naquit une troisième fleur que le vieillard reconnut le premier pour être une Marguerite.

Il semble que le vénérable André n'attendait que l'apparition de cette nouvelle fleur pour sortir de ce monde.

Ses dernières volontés furent celles-ci :

« Ne quittez jamais, ni vous ni vos enfants,
» cette vallée heureuse où peut-être la civilisa-
» tion sera long-temps à vous atteindre. N'ou-
» bliez pas que dans cette montagne est le bon-
» heur et de l'autre côté le monde !

» Gardez-vous d'être inactifs et inutiles, car
» si le calme et le repos doivent être dans la
» conscience, le bonheur n'est que dans le
» travail.

» Mais à chacun ses œuvres : quant à vous,
» guérissez les blessures, essuyez les larmes,
» partagez votre pain avec le voyageur et le
» pauvre.

» Ne discutez pas Dieu, aimez-le ! Ne soyez
» d'aucune forme religieuse, ni d'aucune secte;
» la meilleure politique, c'est l'honneur ! La
» meilleure religion, c'est l'amour !

» Si vous voulez récompenser mes obscurs
» travaux, creusez pour moi dans le gazon une
» tombe à l'ombre des frênes, à cette place
» même où votre roi passa, un soir, sous un
» arc de triomphe vivant ! »

Au milieu d'une nuit silencieuse et sereine,
Georges, Marguerite et la mère Aubry, entou-
raient pour la dernière fois le lit du vertueux
André. Déjà l'âme détachée du corps murmu-

rait sur les lèvres du mourant, comme l'abeille apparaît en remuant les ailes sur le bord de la ruche avant de prendre son essor.

Voici les dernières paroles d'André :

— Georges, ô toi qui devais être, et qui es mon fils, que veux-tu que j'aille dire à ta mère ?

— Qu'elle reçoive dans ses bras celui qui l'a tant aimée, et qui est le véritable père de son enfant !

— Et pour toi, Marguerite, que faudra-t-il dire ?

— Demande à ma mère, que si je dois mourir jeune, je sois plus heureuse qu'elle : que je puisse emporter ma petite Marguerite dans mes bras !

— Et pour vous, bonne nourrice, que dirai-je à Dieu ?

— Qu'après avoir élevé ces deux anges qui iront tout droit dans le ciel, j'ai peut-être mérité un petit coin dans le paradis !

— Mes enfants, vous pleurez ? Pourquoi tant de douleur ?..... puisque tous les trois vous m'avez chargé de commissions pour Dieu, ne voyez-vous pas que je ne suis autre chose qu'un messager qui va partir ?

Enfin, André montra du doigt la voûte cé-

leste, et dit encore : Je vous attends là-haut....
à Dieu !

Et André s'éteignit doucement ; on s'aperçut seulement que son âme s'était envolée,
lorsque Georges et Marguerite lui ayant encore
adressé une prière, ses lèvres ne s'ouvrirent
plus pour répondre ni à Georges ni à Marguerite !

André fut religieusement déposé dans la
prairie à l'entrée des Frênelles ; les feuilles
jaunies par les vents d'automne tombent silencieusement sur cette sépulture modeste qui
ne supporte ni table de marbre ni inscriptions
dorées, mais dont la terre, pénétrée par les
rayons du soleil, qui semble attirer une âme
vers les cieux, devient de plus en plus légère
aux restes d'un homme qui trouva la douleur
dans l'amour, la vertu dans les montagnes, et
le repos dans la mort.

Georges et Marguerite se sont envolés ensemble après de longues années de véritable
bonheur. Depuis le jour heureux où ils sont
allés rejoindre André et les deux Marguerite,
leur famille s'est agrandie dans cette vallée
solitaire qui prépare déjà à son historien fidèle
une récompense bien douce : une tombe !

La vallée renferme déjà tout un petit peuple

qui sait conserver les simples maximes de son sage législateur ; c'est la colonie de l'amour et de l'égalité, où les bruits des monarchies n'arrivent par-dessus les montagnes qu'avec les menaçants murmures de l'Océan.

A certains jours de l'année, tout ce peuple fidèle s'assemble autour du mausolée verdoyant, qui n'a pas les sombres splendeurs des caveaux de Saint-Denis, mais où l'on prie toujours pour le même roi, qui se contenta d'être le père de ses sujets.

La vieille mère Aubry, semblable à ces arbres séculaires qui, ne pouvant plus donner de fruits, versent encore leur ombre, semble vouloir toujours être la mère nourricière de tous les enfants, quoique, bien avant la tendresse, le lait ait tari dans ses sources maternelles.

A chaque naissance, elle porte dans ses mains tremblantes le nouveau Georges ou la nouvelle Marguerite, qu'elle présente comme un sujet de plus, à la tombe féconde du roi des Frênelles.

FIN.

TABLE DES MATIÈRES

CONTENUES DANS LE TOME SECOND.

FIN DE LA TABLE.

Paris. Imprimerie de BOURGOGNE et MARTINET, rue Jacob, 30.